모두의 안부

달아실한국소설25

이언주
소설집

모두의 안부

작가의 말

"잘 지내?"
잘 지내느냐고 묻는 말에 굳이 그렇지 않다고 대답할 수도 없고,
잠자코 나는 자신에게 되묻는다.
"정말 괜찮은 거야?"

스무 해 가까이 해외를 떠돌며 살았다. 아직도 잠이 들면 어디론가 떠나고, 길을 잃고 헤맨다. 중심에서 멀어져 있던 시간만큼 세상은 낯설기만 하다.
어느 날, 지인에게서 『크라잉 클럽』에 가입했다는 문자를 받았다. 멈칫하고 서서 한 글자 한 글자를 곱씹으며 읽었다. 나를 기억해주는 사람 때문에 눈물이 나려 했다.
소설 공간에서, 밤이 되면 이국의 카페에 모여 우는 사람들. 낮이 되면 신기루처럼 사라지는 우사모(우는 사람들 모임) 회원과 함께하겠다니…….
누구나 마음에 뚫린 구멍 하나씩 껴안고 살아가는 모양이다. 국외자인 그들을 보며 '친밀한 우리'라는 단어를 떠올렸다. 내 글이 누군가에게 위안이 될 거라고는 미처 생각하지 못했었다. 힘을 내 다시 쓰기로 했다.

여섯 편의 중·단편을 묶어 소설집을 내게 되었다. 교정을 보며 찬찬히 다시 읽었다. 현재는 해남으로 가겠다고 했다. 나도 현재를 따라나섰다. 해남은 땅의 끝답게 멀고도 멀었다. 비행기를 탔더라면 지구 반 바퀴를 날아갔을 시간에 겨우 닿을 수 있는 거리였다. 그러나 바닷가의 특별한 인상이 없었다. 땅끝까지 가려면 또다시

4

차를 갈아타야 했다.

지친다, 정말.

현재의 탄식이 귀에 맴도는 듯했다.

환경이 바뀌면 글도 달라질 거라고 기대했다. 그러나 달라질 것이 없었다.

가도 가도 길은 끝나지 않고,

길에 대한 의문은 여전히 그대로 남아 있다.

문득, 사람들의 안부가 궁금하다.

모두가 덜 외로웠으면 좋겠다.

2025년 겨울

백련재에서 이언주 드림

|차례|

가능의 세계

3교시 벨이 울리기 전에 나는 가방을 메고 운동장으로 나왔다. 수업을 들을 기분이 아니었다. 보호 관찰 대상이라는 소문이 돈 뒤로 아이들의 시선은 애매하게 나를 피했다. 집에 돌아와 소파에 누워 텔레비전을 켰다. 화면 속 먹방 유튜버가 큰 냄비에서 라면을 끓여 입에 쓸어 넣고 있었다. 부엌 수납장을 뒤져보았지만, 컵라면이 하나도 남은 게 없었다. 콜라를 마시다가 냉장고에 붙여놓은 낱장 달력을 보았다. 카드 결제일과 자동이체 날짜들이 표시되어 있었다. 볼펜을 들고 내일 날짜가 보이지 않게 검은 칠을 해버렸다. 이런다고 순정 씨가 내 생일 따위를 알아줄 리 없겠지만. 그래도.

현관문 여는 소리에 가슴이 철렁했다. 순정 씨와 눈이 마주쳤는

이언주 소설집

데 별말이 없었다. 학교가 마치 자기가 다니는 보험회사인 양, 출석 체크만 하면 외출이 된다고 믿는 것 같았다. 아침에 교문 앞까지 데려다준 사실을 까맣게 잊은 얼굴이었다. 안방으로 들어간 순정 씨는 정장과 블라우스를 들고 거울 앞에서 이리저리 비춰보았다. 내게도 나갈 준비를 하라고 했다.

우리가 간 곳은 한 장례식장 사무실이었다. 문을 열고 들어서는 순간 '산재 어쩌고' 하는 말이 귀에 꽂혔다. 사고를 수습하러 나온 사람이 소리치는 사람들 앞에서 고개를 숙였다. 한 사람이 들고 있던 종이를 쳐들고 흔들었다. 창을 넘어 비스듬히 들어온 햇볕에 먼지 입자가 날아다니는 것이 보였다. 나는 아버지 회사 직원이 건네준 서류에 순정 씨가 손가락으로 짚는 곳마다 사인했다.

사무실을 나왔을 때 전광판에 불이 들어왔다.

아버지 이름과 상주 칸에 쓰인 내 이름이 어색했다.

빈소가 있는 내부를 둘러보고 나온 순정 씨가 내 어깨에 손을 얹었다. 나는 눈을 내리깔고 반질반질한 대리석을 발로 툭툭 쳤다. 바닥에서 삑삑 소리가 났다.

"얘, 난 여기 있기 좀 그렇다. 그치?"

"……."

"아들, 수고해라."

내일 다시 오겠다며 순정 씨가 나를 가볍게 안았다.

아버지의 빈소는 복도 안쪽 구석에 있는 작은 방이었다. 아무것도 차려지지 않은 방에서 나는 무엇을 해야 할지 몰라 멀뚱히 서 있었다. 환기가 되지 않은 실내에는 텁텁한 냄새가 감돌았다. 생활지도사인 현 선생님의 전화를 받았다. 어머니에게 소식 들었다며 마음 단단히 먹고 큰일 잘 치르라고 했다.

상조회사 직원과 함께 온 여자가 아버지의 영정사진을 들고 왔다. 이력서에 붙었던 사진으로 만든 영정사진은 픽셀이 깨져 급하게 확대한 표시가 그대로 났다. 뒤따라 들어온 인부들이 신문지에 둘둘 만 국화 단을 펼쳐놓고 제단을 장식했다.

사진 속 아버지를 보았다. 마지막으로 봤던 아버지와 비슷한 거 같기도 하고 아닌 것도 같았다. 자세히 들여다볼수록 낯설었다. 그렇다고 특별히 떠오르는 어떤 모습도 없었다. 여자는 앞치마를 두르고 분주하게 접객실 안을 살피고 다녔다. 그러더니 주방 쪽으로 들어가 박스마다 테이프를 뜯으며 음식을 꼼꼼하게 체크했다. 정리를 마친 여자가 상복을 건네주며 말했다.

"많이 닮았네."

움푹 꺼진 눈이 나를 구석구석 훑고 지나갔다. 닮았다는 소리에 나도 모르게 영정사진 쪽으로 다시 눈길을 돌렸다.

여자가 상을 차렸다. 나는 옆에서 일러주는 대로 자리를 잡고 절을 올렸다. 한참 동안 큰 소리로 우는 시늉을 하던 여자가 진짜로 울었다. 가족을 대신하는 건지, 아니면 아버지와 관계가 있는 건지 잘 알 수 없었다. 절차 중 하나인 것 같아 가만히 서 있었다. 제사

이언주 소설집

상을 물린 여자는 접객실에 차려 놓은 상 앞으로 나를 불렀다. 손님이 오기 전에 뭐라도 얼른 먹으라는 거였다. 하루 종일 제대로 먹은 게 없었다. 그런데도 배가 고프지 않았다. 여자는 숟가락을 쥐여주며 '이모가'라고 했다. 자꾸 이모라고 해서 정말 이모 같았다. 어릴 때부터 엄마는 나에게 이모라고 부르게 했다. 그 정도 눈치는 있어, 그냥 순정 씨라고 불렀다. 이모라는 단어가 주는 친밀감이 싫어 여자에게는 아주머니라고 했다.

아주머니는 회사 주방에서 불이 났다고 했다. 아버지가 상조 회사에 납품하는 육개장을 끓이다가 죽었다. 여전히 차나 몰고 있을 줄 알았는데 내 생각이 틀렸다. 상 아래로 휴대전화를 내리고 네모난 창에 '화재'라고 찍었다. 도시락 회사 주방 화재 뉴스가 기사로 떴다. 과열된 튀김 솥에서 시작한 불길이 후드에 올라붙었고, 먼지 낀 전선을 타고 삽시간에 번진 불길에 가건물이 전소되었다. 아주머니가 눈 밑을 닦으며 아버지의 전화기를 건네주었다. 전화기에는 백여 명의 연락처가 있었다. 단체 문자를 돌렸다. 아버지 친구 몇 분에게 연달아 전화가 왔다. 나는 아들이라고 했다. 그러고 나니 더 할 일이 없었다.

썰렁한 빈소에 한기가 돌았다. 밤사이 찾아오는 조문객은 아무도 없었다. 웅크린 채 누웠다가 잠이 들었다. 몇 번인가 뒤척이다 낯선 냄새에 눈을 떴다. 덮여 있던 스웨터에서 풀려나오는 양념 냄새가 코끝에 맴돌았다. 향 끝이 타서 하얗게 꼬부라지고 있었다.

가능의 세계

아주머니는 영정사진을 내려놓고 손바닥으로 쓸었다. 어느 방에선가 곡하는 소리가 났다. 나는 슬며시 일어나 슬리퍼를 끌고 바깥 화장실로 갔다. 오줌을 누다가 화장실까지 들리는 울음소리에 눈물이 찔끔 났다. 거울에 비친 얼굴을 이리저리 살폈다. 어디가 아버지와 닮았다는 건지. 오래전 거실에는 가족이 함께 찍은 사진이 걸려 있었다. 이사하면서 내 방으로 옮겨졌고 언제 치웠는지 기억도 나지 않았다. 나는 얼굴에 찬물을 끼얹고 옷소매로 닦았다. 이럴 때 같이 좀 있어 주면 안 되나. 거울을 보며 혼자 중얼거렸다.

아버지는 트럭을 타고 전국을 누비고 다녔다. 사흘이나 나흘에 한 번 집으로 돌아왔다. 지금도 그렇지만 순정 씨는 집을 자주 비웠다. 내가 초등학교 3학년 때쯤 아버지는 차를 팔고 버스를 타다가 택시를 몰았다. 모르긴 해도 무슨 이유가 있었을 것이다. 순정 씨는 자주 울었고, 화를 냈다. 어린 내 눈에도 아버지가 집을 지키는 일은 그다지 좋아 보이지 않았다. 그때 아버지는 내게 자전거 타는 법을 가르쳐 주었다. 뒷바퀴에 달린 보조 바퀴를 떼어내고 안장을 잡아주었다. 얼마 가지도 못하고 나는 자전거와 함께 나뒹굴었다. 자전거는 그렇게 배우는 거라고 뒤에서 아버지가 껄껄 웃었다. 순정 씨와 크게 싸운 다음 날 집을 나간 아버지는 돌아오지 않았다.

빈소에 아침상을 올리고 하루가 시작되었다. 아주머니는 밥 생

이언주 소설집

각이 없다며 거의 먹질 않았다. 오전에 회사 사람들이 단체로 조문 왔고, 아버지 친구 몇 분이 다녀갔다. 이름도 얼굴도 모르는 조문객이었다. 내 손님은 있을 리 없었다. 지루함이 사람을 죽일 수 있겠다 싶었다. 하루에 두 번씩 오던 보호 관찰관의 전화도 끊겼다. 고개를 돌리면 액자에 갇힌 아버지가 보였다. 처음엔 아버지 사진이 거기 있는 것이 서먹했지만, 얼마 지나지 않아 원래부터 거기 있었던 것처럼 느껴졌다. 벽에 기대앉아 게임을 하다가 한 번씩 고개를 돌려 표정 없는 아버지를 바라보았다. 휴대전화 배터리에 불이 들어왔다. 순정 씨에게 충전기를 가져다 달라고 문자를 보냈다. 답장이 없었다. 하는 수 없이 아버지 휴대전화를 켰다. 아버지 번호의 뒷자리는 순정 씨나 나와 같았다. 주소록을 넘겨보는데 순정 씨 번호가 있었다. 두 사람이 주고받은 문자메시지를 열었다. 순정 씨는 민생 회복 지원금 때문에 화를 냈다. 내 앞으로 나온 지원금을 아버지가 번번이 꿀꺽한 모양이었다. 그것도 모르고 나는 내 몫을 달라고 했다가 순정 씨에게 등짝 스매싱을 당했다.

살면서 이제까지 가까운 사람이 죽은 일이 없었다. 외할아버지가 가장 먼저 죽는 사람이 될 줄 알았다. 몇 년째 찍소리 못하고 누워만 있어 죽은 거나 마찬가지였다. 그래도 가족이어서 가끔 보러 갔다.

장례식장은 신기했다. 빈방이 없을 정도로 매일 사람이 죽는다는 사실이 놀라웠다. 건너편 B207호 할머니 사진이 치워졌다. 국화

단을 안고 온 남자들이 새로 꽃장식을 했다.

다시 나갔을 때는 꽃에 둘러싸인 내 또래 여자가 사진 속에서 활짝 웃고 있었다. 어디서 봤더라? 낯익은 얼굴이라 기억을 더듬어 보았다. 휘장을 늘어뜨린 화환을 들고 오던 인부들이 옆으로 비키라고 했다. 얼마 지나지 않아 취재진이 몰려오고 조문객이 밀려들었다. 사람이 너무 많아 종교인들이 복도까지 나와 찬송가를 불렀다. 교복 입은 아이들은 들어오지 못하도록 경비원이 막았다. 도대체 어떤 사람이 들어와서……, 자고 있던 아주머니가 몸을 일으키다가 돌아누웠다.

바깥에서는 사진 속 여자아이가 뛰어나와 소란을 피웠다. 희한한 광경이라 한참을 지켜보았다. 한쪽 발에만 슬리퍼를 반쯤 끼운 채 통로에서 버티며 모두 꺼지라고 악을 썼다. 언밸런스한 금발 커트 머리보다 입술 피어싱이 더 눈길을 끌었다.

순정 씨는 오지 않았다. 아주머니는 팔을 베고 누웠다가 일어나 솥뚜껑을 열어보고 국솥에 물을 부었다. 장례 지도사가 내일 아침 열 시에 발인한다고 알려주고 갔다. 아주머니는 통로에서 발소리가 나면 일어나 앉아 곡소리를 냈다. 향내와 뒤섞인 육개장 냄새 때문에 머리가 지끈거렸다. 손님 없는 빈소를 지키는 일은 지겨웠고 손님이 오면 더 싫었다.

한밤중에 지방 어디에 산다는 왕고모님과 친척 아저씨가 왔다. 그들은 나를 보고 많이 컸다며 알은체했다. 할아버지와 나이 차가

이언주 소설집

많이 나는 고모할머니는 고모라기보다 아버지의 큰누나에 가까웠다. 왕고모는 오래전에 죽은 할아버지를 찾으며 온몸으로 울었다. 드디어 아버지 빈소에서 상가다운 면모가 느껴졌다. 갑자기 울음을 멈춘 왕고모가 무서운 기세로 아주머니에게 달려들었다. 엉겨 붙은 두 사람에게서 광기가 느껴졌다. 당황한 남자가 왕고모를 뜯어말렸다. 너무 비현실적이라 나는 밖으로 나오고 말았다.

바람에 섞인 꽃가루 때문에 재채기가 났다. 수도권 변두리에 있는 이곳을 두고 사람들은 앞으로도 별 볼 일 없을 거라고 했다. 순전히 뻥이다. 하늘엔 자체 발광 다이오드 전구처럼 별이 빛나고 있었다.

시동 걸린 스쿠터 한 대가 눈에 들어왔다. 하늘색 배민 로고가 선명했다. 올라앉아 핸들을 살짝 당겨보았다. 심장이 가볍게 발동 걸렸다.

"웃겨!"

나는 깜짝 놀라 고개를 돌렸다. 거기 서, 라는 찢어지는 소리와 함께 B207호 소녀가 밖으로 달려 나왔다. 치마를 홀러덩 걷어 올린 소녀는 내 등 뒤에 찰싹 달라붙었다. 돌아보려는 순간 안에 받쳐 입은 트레이닝 바지의 형광 줄이 번쩍했다.

"야, 빨리."

스쿠터가 얼떨결에 앞으로 튀어 나갔다. 어쨌든 장례식장 밖으로 나오니 숨통이 트이는 것 같았다. 한 바퀴만 돌고 와야겠다고 마음먹었다. 주변 화훼농가의 불은 완전히 꺼지고 가로등만 켜져 있었다. 가속기 손잡이를 당겨 속력을 높였다. 머리가 젖혀졌다가 제자리로 돌아왔다. 도로에는 양방향에 차가 한 대도 없어 중앙선을 밟고 달렸다.

소녀가 내 어깨에 손을 얹고 일어서 소리 질렀다. 코가 얼얼했지만, 가슴이 뻥 뚫렸다. 신호등이 매달린 사거리에서 우회전했다. 속도를 늦추지 않았기 때문에 그녀가 내 허리를 바짝 끌어안았다. 코너링하는 동안 몸 전체가 오른쪽으로 기울었다. 가까운 곳에 편의점이 보였다.

"저기."

소녀가 내 어깨를 잡아당겼다.

"배고파."

배고프다는 말을 듣는 순간 나도 배가 고파졌다. 장례식장에서는 아무리 먹어도 먹은 것 같지 않았다. 우리는 유리문을 밀고 안으로 들어섰다. 휴대전화를 보고 있던 아르바이트생의 눈빛이 잠시 흔들렸다. 늦은 시간에 들이닥친 손님이 검은 상복을 입고 있어 그럴 거로 생각했다. 먹을 만한 것을 눈으로 훑고 지나던 소녀가 육개장 컵라면을 들었다가 다시 내려놓았다.

"장례식장에는 왜 육개장만 있는지 모르겠어?"

"그러게."

내 알 바는 아니고, 오늘부터 육개장 하면 아버지다. 물끄러미 빈

이언주 소설집

소를 내려다보고 있을 아버지를 생각했다. 그러다가 무심코 고개를 돌렸다. 유리창 너머로 장례식장의 불빛이 보였다. 나는 소녀에게 바지 주머니 안단을 꺼내 털어 보였다. 소녀가 부의금 봉투 몇 장을 흔들었다. 삼각김밥 콤보와 달걀을 집어 들고 창가 자리로 가서 앉았다. 두 개가 한데 묶인 구운 달걀 꾸러미를 뜯어 소녀가 내밀었다.

"삶은 달걀이지 말입니다."

"나중에 갚는다."

"뭐래?"

소녀가 인상을 쓰며 고개를 흔들었다. 무안해진 나는 달걀을 얼른 입에 밀어 넣었다.

"……알록달록 꽃밭이야."

밀크티 뚜껑을 돌리던 소녀가 이죽거리며 말했다.

"어디에?"

내가 고개를 쭉 내밀고 밖을 보며 두리번거리자,

"미친 기 같다고. 거기 사람들 영화 찍는 거 같지 않아?"

"그렇지 뭐."

나는 왕고모와 아주머니가 떠올라 고개를 끄덕였다.

"너무 이기적이야."

"뭐가."

"진아 말이야."

"누군데?"

"체조 요정 진아를 정말 몰라?"

"어?"

의외라는 듯이 소녀는 고개를 갸우뚱했다. 휴대전화 창을 띄우고 진아를 검색했다. 근조 사진과 함께 기사가 장난 아니었다. 경기에 대한 압박과 악플을 이기지 못해 안타까운 선택이 어쩌고, 몇 단 건너뛰었다. 세계 체조 선수권 대회에서 실수했다는 기사와 그 아래 달린 댓글이 많았다. 악플 금지 연관 검색어와 함께 그녀가 출연한 연예 프로그램도 링크돼 있었다.

소녀는 죽어서도 사람을 끌어모으는 꼴이 보기 싫다고 했다. 가만히 있어도 언젠가는 죽을 텐데, 세상 다 산 사람처럼 중얼거렸다.

"걔는 자기밖에 모르는 인간이야."

그러는 너는 어떻고? 나는 너 때문에 보호 관찰 중에 또 스쿠터를 탔다는 말이 목구멍까지 올라왔지만 꿀떡 삼켰다.

소녀는 자신이 진아의 쌍둥이 동생이라고 했다. 유명한 쌍둥이 언니 때문에 그림자처럼 사는 기분이 어떤 건지 알 만했다. 그녀는 샌드위치를 입에 물고 휴대전화로 게임을 시작했다. 나는 학원 친구들에게 진아의 여동생과 함께 있다는 문자를 보냈다. 인증샷을 보내라는 요청이 날아들었다.

「헐, 개이쁨.」

이언주 소설집

편의점 내부는 냉장고 앓는 소리만 났다. 나는 어둑한 바깥을 물 끄러미 내다보았다. 비닐하우스 단지 너머로 장례식장 간판이 빛 났다. 소녀는 그곳이 밤바다에 떠 있는 크루즈처럼 보인다고 했다. 나는 동해에서 보았던 오징어잡이 배를 떠올렸다.

"졸라 재수 없는 생일이다. 그만 돌아가자."

내가 벽에 걸린 시계를 보고 말했다. 늦기 전에 스쿠터를 있던 자리에 돌려놓아야 할 것만 같았다.

열여덟 번째 생일이라는 말에 소녀가 눈을 동그랗게 치켜떴다.

"이얼, 미자?"

"아니라니까. 생일 지났다고!"

오늘부터 모든 것이 달라졌다. 미성년자 딱지를 떼자마자 존재 없는 아버지의 보호자가 된 것만 해도 그렇다.

생파는 해야 한다며 소녀가 벌떡 일어났다. 나는 남은 생수를 마 저 마시고 의자를 테이블 쪽으로 밀어 넣었다. 소녀가 마카롱을 들 고 와, 휴대전화 앱으로 촛불을 켰다. 나는 후후 입김을 불었다. 언 제나 바쁜 순정 씨는 달력을 보기나 했을까.

우리는 밖으로 나와 스쿠터에 올라탔다. 핸들을 꺾고 방향을 돌 리려 주위를 살폈다. 소녀가 내 어깨를 세게 잡아당겼다.

"어디 가고 싶은 곳 있어?"

뒤를 돌아보며 소녀에게 물었다.

백미러에 비친 그녀의 얼굴이 장난스럽게 웃었다. 세상 끝까지 달리자는 것만 같았다. 오늘 같은 날을 장례식장에서 끝내다니. 편의점 앞길은 강변 순환도로로 이어져 있었다.

머리카락이 아무렇게나 휘날렸다. 치마가 부풀며 내는 소리에 깜짝 놀랐다. 비행기가 활주로를 내달리는 기분이라고나 할까. 앞에서 달리는 자동차 붉은 후미 등이 멀어져갔다. 소녀는 빨리, 빨리를 외치며 뒤에서 나를 몰았다. 뒤따라오던 트럭이 차선을 바꾸고 지나가는 바람에 스쿠터가 흔들렸다. 원동기는 달릴 수 없는 길이었지만, 잡을 사람도 없었다. 소녀가 뒤에서 고래고래 소리 질러 나도 소리 내 웃었다. 바람에 잇몸이 차가워졌다. 강변을 따라 이어진 도로 저 멀리서 빌딩 숲이 신기루처럼 다가왔다.

나는 한밤중에 트럭을 몰고 고속도로를 달리던 아버지를 상상했다. 낡고 시끄러운 엔진소리에 잠깐잠깐 졸다가 라디오 주파수를 맞추고, 갓길에 차를 세우고, 담배를 물고 있었다. 그리고 폐부 깊이 빨았던 숨을 내쉬며 전화기에 대고 말했을 것이다.

순정 씨는 아빠가 할 줄 아는 게 운전밖에 없다고 했다. 아버지가 떠난 집에는 순정 씨의 젊은 애인이 들락거렸다. 순정 씨는 그를 소장님이라고 했다. 아예 같이 살다시피 해서 가족인지 아닌지 가끔 헷갈리기도 했다. 친구들 가운데는 부모가 이혼한 아이가 많았다. 누구에게나 나름의 사정은 있을 테지만, 이유는 비슷비슷했다. 나는 어른의 세계까지 깊이 생각하고 싶지는 않았다. 순정 씨가 저녁을 준비하는 동안 소장은 거실과 내방을 기웃거렸다. 그러다가만 원짜리 한 장을 건네주면 나는 피시방으로 달려갔다.

하루는 아르바이트에서 돌아왔을 때, 집이 난장판이 되어 있었다. 거실 한복판에 신발짝이 나뒹굴고 온갖 것이 쏟아져 있었다. 소장의 어린 와이프가 다녀갔다고 했다. 드라마나 영화가 사실을 근거로 만들어진다는 걸 실감했다. 주인이 두 눈을 부릅뜨고 지키는 건, 건드리지 않는 게 국룰이다. 머리칼이 흐트러지고 눈두덩이가 시퍼레진 순정 씨는 밥 대신에 소주잔을 비웠다.

소장은 더 이상 젊지 않았고 라이더가 되었다. 퀵 사장이라고 쓰인 명함이 식탁 위를 굴러다녔다. 그는 헐렁한 운동복 차림으로 집을 드나들었다. 우리는 식탁에 마주 앉아 가족처럼 밥을 먹었다. 국물도 없는 밥을 대충 먹고 두 사람은 안방으로 들어갔다. 용돈 대신 식탁에 오토바이 열쇠가 놓여 있었다. 피시방에 가지 못한 나는 집 앞에 세워놓은 소장의 오토바이를 쓰다듬었다. 아버지의 아들답게 바퀴 달린 물건만 보면 질주 본능이 꿈틀거렸다. 순정 씨와 애인이 방구석을 도는 동안 나는 오토바이를 타고 가까운 곳을 몇 바퀴 돌았다. 소장이 오지 않으면 오토바이도 오지 않았다.

열쇠가 꽂힌 스쿠터들이 자꾸 눈에 들어왔다. 우두커니 서 있던 오토바이는 액셀러레이터를 조금만 당겨도 엔진 돌아가는 소리가 우렁찼다. 출발하자고 재촉하는 듯했다. 내 것과 남의 것을 구분 못 할 정도는 아니지만 잠깐 빌려 타는 정도는 나쁘지 않을 거 같았다. 표시 나지 않게 제자리에 가져다 놓을 자신이 있었다. 혼자보다 둘이 쉬웠다. 보습학원에서 친구가 된 우주와 나는 그런 면에서 환상의 콤비였다. 수업을 빠지고 스쿠터를 물색하러 다녔다.

남의 스쿠터를 몰래 타는 그 짜릿함이란.

처음 들켰을 때는 반성문 한 장으로 끝났다. 두 번째 잡혔을 때 변호사가 다녀갔다. 공범이 있으면 죄가 더 무거워진다는 사실을 몇 번이나 힘주어 말했다. 변호사는 나를 위해 우주는 빠지는 게 좋겠다며 순정 씨에게 봉투를 건넸다. 그가 어떤 힘을 보탰는지 몰라도 내게는 교정시설로 가는 대신 6개월 단기 보호 관찰 처분이 내려졌다. 우주가 중국 어딘가로 유학을 떠났다며 순정 씨는 다행이라고 했다. 우주의 부모는 유명한 의사여서 여전히 텔레비전에 나왔다.

그날 이후로 밤 아홉 시가 되면 보호 관찰관이 집으로 전화했다. 순정 씨가 여덟 시가 되기 전에 어디야? 하고 무섭게 문자를 보냈다. 아이들과 이제 막 놀기 시작하려는 찰나였다. 그런 일이 거듭되자 김이 새서 알바고 뭐고 다 때려치웠다. 집에 틀어박혀 게임을 했고 싫증이 나면 웹소설을 읽다가 보호 관찰관의 전화를 받았다. 소설을 자꾸 읽다 보니 차라리 내가 쓰는 게 낫겠다 싶었다.

순정 씨는 그런 걸 왜 쓰는지 내게 물었다.

"그냥."

나는 그냥 쓰는 거라고 했다. 어쨌든 순정 씨는 잘된 거라고 말했다. 학원 애들이 문제라며, 밖으로 나돌지 않아 다행인 눈치였다.

학교에서 돌아오면 소장이 소파에 길게 누워 있었다. 그러면 나는 방바닥에 배를 깔고 그와 같은 채널의 개그 리그를 봤다.

"언제 인간 될래?"

소장이 발로 내 엉덩이를 툭툭 쳤다.

"얌마, 차가운 맥주나 하나 꺼내 와라."

나는 손가락으로 코를 후벼 파다가 자세를 바꿨다.

"니 엄마 혼자서 열일하는데, 너도 참 큰일이다."

"아, 씨발. 너나 잘하셔요."

순환도로를 벗어나 이정표가 가리키는 도심을 향해 달렸다. 보이지 않던 차들이 반대 차선으로 몰려들었다. 한꺼번에 도시를 빠져나가겠다는 듯 꼬리에 꼬리를 물었다. 커다란 건물을 지날 때 그리팅맨 조각상이 허리를 굽히고 정중하게 인사했다. 시청을 가리키는 이정표를 따라 달렸다.

시청 앞 로터리 중앙 분수대에서 돌아가기로 마음먹었다. 나는 분수가 보이는 공원 앞에 멈춰 섰다. 분수대는 물을 뿜어 올리지 않았다. 로터리를 둘러싼 빌딩들이 조명을 밝히고 있었다. 우리는 분수 앞 벤치를 하나씩 차지하고 벌러덩 누웠다. 등이 서늘했다. 이 근처로 아빠와 함께 공연을 보러 온 적 있다고 소녀가 말했다. 나는 아버지에게 자전거를 배웠다고 말했다. 가로등이 꺼져 어두웠지만, 완전히 깜깜하지는 않았다. 상점들은 문을 일찍 닫았다. 언젠가 순정 씨가 말했다. 코로나가 오기 전에는 자정이 넘어도 영업하는 가게가 많았다고. 규칙이란 한번 바뀌고 나면 다시 되돌리기 쉽지 않으니까. 나는 이마에 팔을 얹고 눈을 감았다.

"어우, 깜짝이야!"

놀라는 목소리에 벌떡 일어났다. 연인으로 보이는 남자와 여자가 손을 잡고 우리를 내려다보고 있었다.

"그만 돌아가자."

소녀가 일어나 엉덩이를 털었다.

광장을 지나면서 한밤을 이용해 도로공사를 하고 있었다. 유턴할 지점을 찾을 수 없었다. 방향을 돌리려고 골목으로 들어갔다. 골목 끝에서 어둠을 찢고 나온 듯 환한 건물이 버티고 서 있었다. 웨딩사진이 걸린 스튜디오였다. 횡단보도를 지나 그 앞에서 스쿠터를 세웠다. 통유리 앞에 서서 우리는 주변을 둘러보았다. 사방이 어둠으로 싸여 빛을 뿜어내는 웨딩스튜디오가 불시착한 유에프오처럼 보였다. 얼음땡, 하는 순간 주위의 불꽃이 살아나고 거짓말처럼 거리가 깨어날 것 같았다. 소녀와 나는 웨딩사진을 바라보며 맥락 없는 말을 주고받았다. 그녀가 내 팔짱을 꼈다. 그때 모르는 번호의 전화가 왔다. 받을까 말까 망설이는 사이 전화가 끊어졌다.

"걔는 원하는 건 뭐든 다 가져야 했어. 국대는 아무나 되는 게 아니잖아. 온 가족을 자기에게 매달리게 하고는, 진짜 제멋대로야."

날벌레들이 유리창으로 날아와 붙었다.

"아, 뭐야 이 벌레들은."

이언주 소설집

소녀가 허공으로 손을 내저었다. 벌레들이 무서워서 빛을 찾아드는 것 같았다.

그녀가 유리에 기어다니는 작은 벌레를 손톱으로 눌러 터뜨렸다.

"그만해."

나는 소녀를 밀어냈다.

"무서워서 그래."

나는 벌레들도 어둠이 무서워 조금이라도 밝은 곳으로 달려드는 거라고 했다.

"어쩌면 사람들은 언니 대신 내 사진이 거기 있기를 바랄지도 몰라."

"왜?"

"시시하니까."

"설마."

"엄마는 그냥 진아의 엄마야. 오로지 진아만 따라다녔어. 그래야 한대. 전지훈련을 간 때마다 아빠랑 싸우고 집을 줄이더라고. 걔가 유명해지면 뭔가 달라질 줄 알았어."

나는 손을 내밀어 그녀의 손가락을 깍지 꼈다. 가느다란 손가락이 떨렸다. 우리는 흰색 턱시도와 웨딩드레스를 입은 액자 속의 남녀와 마주 보고 섰다. 그들과 우리 사이 유리 벽에 비친, 검은 상복 입은 남녀가 눈을 깜박이다가 웃었다.

"그런데 나보고는 아무것도 하지 말래."

"헐."

나는 깍지 낀 손가락에 슬며시 힘을 주었다.

"다음 주에 오디션 있어. 한번 볼래?"

소녀가 춤을 추기 시작했다. 저고리 목선을 삐져나온 넝쿨 문신이 몸을 움직일 때마다 귀밑까지 타고 오르는 것 같았다. 나는 두 손으로 공기통을 만들어 비트박스를 했다. 처음인 소녀와 조금도 어색하지 않았다.

춤을 멈춘 소녀는 거친 숨을 몰아쉬며 손등으로 콧물을 훔쳤다.

"코피야."

손등을 내려다보던 소녀가 그 자리에 주저앉았다. 조금 훌쩍거리는 것 같더니 갑자기 어린아이처럼 소리 내 울었다. 여자가 울 때 어떻게 해야 하는지 이제까지 생각해 본 적이 없었다. 나는 그녀가 울음을 멈출 때까지 기다렸다.

"오줌 마려워."

아무 일도 없었다는 듯이 소녀가 일어서며 쑥스럽게 웃었다. 불 꺼진 건물들은 입구마다 문이 잠겨 있었다. 나는 턱으로 맨홀 뚜껑을 가리켰다. 그녀가 손바닥으로 내 등을 때렸다. 우리는 화장실을 찾아 돌아다녔지만 찾을 수 없었다. 그냥 장례식장으로 돌아가기로 했다.

신호등 앞에서 좌회전하고 큰길로 나섰다. 비어 있는 길은 조용하고 어두웠다. 올 때 보았던 그리팅맨이 길 건너 호텔 앞에서 여전히 허리를 굽히고 인사했다. 터널을 지나자 금방 오르막이 나타났고 순환도로를 안내하는 이정표가 눈에 띄었다. 소녀가 저기, 하고 손짓했다. 버스 정류장 부스 옆에 붕어빵 수레가 보였다. 길가에 스쿠터를 세웠다. 붕어빵 거치대 옆에 은행 계좌번호가 적혀 있었다. 팥붕 세 마리와 슈붕 두 마리. 주인이 우리를 보고 슈크림 붕어 한 마리를 더 넣었다. 가끔 이런 차림으로 스쿠터를 타는 것도 나쁘지 않을 것 같았다. 나는 붕어빵을 씹으며 빙빙 돌아가는 빵틀을 보았다. 붕어빵 장수가 고리를 당기면 뚜껑이 열리고 똑같이 생긴 붕어가 찍혀 나왔다. 철커덕 소리를 내며 회전판은 쉬지 않고 돌았다.

"아저씨, 화장실 어딨어요?"

소녀가 물었다.

붕어빵 장수는 길 건너 학원 건물을 가리켰다. 불 켜진 건물에서 사람들이 쏟아져 나오고, 그 머리 위로 학원 현수막이 펄럭거렸다. 이학원 셔틀버스가 청소기처럼 큰 가방을 멘 학생들을 빨아들였다. 사람들이 건널목을 건너오고 광역버스가 줄지어 들어왔다. 헐떡이고 달려온 사람이 차에 매달렸다. 어디로 가는지 모르지만 나도 빨리 차를 타야 할 것만 같았다. 마지막 버스가 남은 사람들을 태우고 떠났다. 전광판에는 내용 없는 점선만 껌뻑거렸다.

학원 건물까지 갔던 소녀가 고개를 흔들며 돌아 나왔다.

"들어갈 수가 없어."

교차로 건너 이정표에는 수많은 길이 표시되어 있었다. 가로와 세로, 양옆으로 휘어져 합류하는 도로가 복잡했다. 나는 허공에 대고 이리저리 손가락으로 길을 그려보았다.

왼쪽에서 오른쪽으로, 다시 왼쪽으로, 방향을 틀어 강변도로로 들어섰다. 앞서가던 차들을 따라잡았다. 이어진 가로등들이 소실점을 향해 달려가는 듯한 착각이 들었다.

"쌀 거 같아. 못 참겠어."

소녀가 내 어깨를 잡아당겼다. 나는 속도를 줄이고 가로등과 떨어진 갓길에 스쿠터를 세웠다. 소녀의 검은 옷이 얇은 어둠 속으로 미끄러져 들어갔다. 보이지 않는 풀숲에서 물 쏟아지는 소리가 났다. 평소 느끼지 못했던 생각과 감정이 뒤죽박죽이었다. 순정 씨가 말한 대로 이런 것도 좋은 경험이랄 수 있을까. 모르겠다. 아무것도. 갑자기 내가 훅 늙어버린 것만 같았다. 나는 가로수 나무에 기대고 강 건너를 바라보고 있었다.

소녀가 웃으며 풀숲을 헤치고 나왔다. 스쿠터를 가만히 지켜보던 소녀가 손가락으로 차체를 훑었다. 마치 중고 가격을 흥정하려는 사람처럼. 그러더니 스쿠터에 올라앉았다.

"타!"

"운전할 줄 알아?"

내가 물었다.

여행에서 사륜구동 바이크를 한번 몰아봤다는 소녀를 말릴 새도 없었다. 그녀는 시동 걸린 스쿠터의 손잡이를 돌렸다. 길을 향해 그르렁거리던 스쿠터가 앞으로 미끄러져 나갔다. 몸이 뒤로 튕겨 나갔다가 제자리로 돌아왔다. 나는 소녀의 허리를 움켜 안았다. 올 때는 보지 못한 이팝나무꽃 무리가 획획 지나가 멀미가 났다. 접혔던 어둠의 주름들이 끝없이 풀리며 길이 솟아올랐다. 이정표에 부딪힌 불빛이 번쩍하고 시야에 닿았다. 나도 모르게 두 눈이 질끈 감겼다. 달리는데도 바퀴가 끝없이 제자리에서 돌고 있는 것 같았다. 나는 소녀의 등에 얼굴을 붙였다. 숨을 내쉴 때마다 살갗에 닿는 열기가 느껴졌다. 맞은편에서 상향등을 켜고 달려오던 불빛 때문에 세상이 하얗게 변했다.

길은 순환도로에서 벗어나 시가지 우회도로로 접어들었다. 장례식장을 나오며 들렀던 편의점은 이미 문이 닫혔다. 컴컴한 주변은 처음 온 곳처럼 낯설었다. 멀리서 환한 불빛이 보였다. 주차장 너머로, 둥둥 떠 있는 장례식장은 마치 육지 접안을 허락받지 못한 크루즈처럼 보였다. 아침 일찍 발인한다는 장례 지도사의 말이 떠올랐다.

스쿠터가 굉음을 내며 속도를 올렸다. 장례식장은 도무지 가까워지지 않았다. 희미한 사이렌 소리가 울렸다. 경찰차가 경광등을 번쩍이며 장례식장을 향해 달려갔다.

자전거를 가르쳐주던 아버지의 목소리가 귓가에 맴돌았다.

가능의 세계

'길은 어디로든 이어지게 되어 있어.'

갈림길 앞에서 장례식장을 지나쳤다. 백미러 속에서 장례식장 불빛이 등 뒤로 사라졌다. 도로의 신호등이 일제히 점멸등으로 바뀌었다. 출렁거리는 꽃물결 속으로 소녀의 웃음소리가 흩어져 날아갔다. 소녀가 묘기를 부리듯 다리를 앞으로 쭉 뻗었다. 그녀의 치마통이 빵빵한 풍선처럼 부풀어 올랐다. 스쿠터가 휘청하는 바람에 소녀가 핸들 위로 몸을 숙였다. 나도 그녀의 등에 바짝 몸을 붙였다. (*)

　　　　　　　　　　　　　　　　　　　이언주 소설집

빈집 재생 프로젝트

"소진아, 우리 땅끝으로 갈래?"

"거기가 어딘데?"

"해남. 빈집 재생 프로젝트가 있다네. 재계약까지 4년에 월세 만 원, 끝내주지?"

현재는 웹 페이지를 복사해 소진에게 보냈다.

"너무 멀어."

소진이 여성 전용 고시원을 찾다가 화면에 뜬 링크를 손가락으로 밀어냈다. 그때 휴대전화 알람이 울렸다. 소진이 모자를 눌러쓰고 현관 앞에 줄 세워둔 쇼핑백 하나를 들고 나갔다. 그녀는 서울을 벗어날 생각이 조금도 없어 보였다. 슬리퍼 끄는 소리가 멀어져

갔다. 며칠째 소진은 돈이 될 만한 것은 모두 당근마켓에 내놓았다. 나머지는 오피스텔 비우는 날 재활용으로 처리할 거라고 했다. 현재로서는 이러지도 저러지도 못할 상황이었다.

TV 화면을 스포츠 채널로 바꿨다. 손흥민이 빠진 토트넘이 뮌헨과 경기를 하고 있었다. 토트넘으로서는 질 줄 알면서도 치루는 경기였다. 개인 방송에 조롱 섞인 댓글들이 넘쳤다. 현재는 생각 없이 댓글을 읽다가 빈집 재생 프로젝트 신청서를 내려받았다.

현재를 태운 버스가 해남 종합 터미널에 도착했다. 오후 6시 15분이 지나고 있었다. 빈집 재생 담당 공무원은 전화를 받지 않았다. 며칠 전 통화했을 때 퇴근 시간 전에 와 주면 고맙겠다고 했다. 현재는 미안한 표정의 이모티콘을 보냈다. 차가 늦게 도착했다거나 이렇게 먼 곳인지 몰랐다는 문자를 쓰다가 지웠다.

불과 1년 전만 하더라도 이런 경우엔 호텔부터 찾았을 것이다. 전세 사기로 세상을 떠들썩하게 했던 집주인이 허망하게 죽고 사정은 달라졌다. 그런 일이 없었으면 여기까지 올 일도 없었을 것이다. 편의점에 붙은 '아메리카노 Take out 1500원'이 눈에 들어왔다. 자석에 끌리듯이 편의점 문을 밀었다. 매장을 한 바퀴 돌며 가격표를 훑다가 크림빵 하나만 들고나왔다. 구겨 넣은 빵 때문에 생목이 올라왔다. 입에 남은 밀가루 맛을 씻어 내려고 자판기에서 블랙커피를 뽑았다.

빈집 재생 프로젝트

휴대전화 화면을 확인했다. 해는 졌지만, 한낮의 열기가 남아 있어 밖으로 나갈 엄두가 나지 않았다. 유리문 밖으로 보이는 해남은 바닷가라는 특별한 인상은 없었다. 땅끝이라는 말과 다르게 산으로 둘러싸인 소읍이었다. 전화기 진동이 울렸다. 옥동리 이장의 주소와 연락처가 도착했다. 담당자는 집 열쇠를 이장에게 맡겨 두었다고 했다. 현재는 '늦어도 찾아뵙겠다'는 문자를 보냈다.

정류장으로 버스가 들어왔다. 현재가 기사에게 옥동리로 가는지 물었다. 버스 기사는 반대쪽에서 타라며 손짓했다. 다시 검색했을 때는 우수영이 종점인 농어촌 버스가 막차 한 대만 남아 있었다. 해남까지 오는 데 일곱 시간이 걸렸고, 네 시간 후에야 목적지에 도착한다는 말이었다. 비행기를 탔더라면 지구 반 바퀴는 날아갔을 시간이었다. 그는 벤치에 주저앉아 팔을 돌리고 목을 풀었다.

현재는 대학을 졸업하고 서울로 올라와 세 번째인가 네 번째 직장에서 소진을 만났다. 전공과 상관없이 해오름 쇼핑몰 시설을 관리했다. 일을 하며 학점 은행에 등록하고 전기 기사와 배관 기사 자격증을 땄다. 팬데믹 동안 쇼핑몰 관리실에는 소진과 현재만 남았다. 현재가 직장을 옮기며 사내 연애를 하던 소진과 살림을 합쳤다. 전세 대출로 오피스텔을 구했다. 한 사람 몫의 월세를 모아 여행을 하고 넷플릭스를 즐겼다.

현재와 소진은 인터넷 기사를 보고 자신들이 전세 사기 피해자라는 사실을 알게 되었다. 설마 했다. 대한민국 청년층 절반 이상이 전세로 산다. 당연히 정부에서 대책을 내놓을 줄 알았다. 그러나 부풀 대로 부푼 풍선을 여기저기 누르던 대책은 한순간에 거짓말처럼 터져 버렸다. 이웃들이 찾아왔다. 현재와 소진은 그들과 연대했다. 대책위원회라는 것이 꾸려졌고, 법원과 시청을 찾아다니며 시위를 이어갔다. 방법이 없었다.

날린 보증금 일억은 두 사람이 십 년을 일해도 모을 수 없는 금액이었다. 매스컴에 기사가 나고 연달아 다른 전세 사기 사건들이 터졌다. 현재의 오피스텔은 사람들의 관심 밖으로 밀려났다. 실소유주가 누구인지 밝혀지기 전에 명의를 빌려준 집사람이 목숨을 끊었다. 사건은 '공소권 없음'으로 종결되고 말았다. 350명이 넘는 피해자를 남기고 없던 일이 되었다. 문제는 견디는 일이었다. 친했던 친구들도 하나둘 멀어졌다.

우편으로 퇴거 명령이 날아왔다. 전쟁 같은 생활은 계속되었다. 현재는 뭘 잘못했는지 따져 보았다. 부동산 중개인을 믿었고, 상식을 믿었고, 법을 믿었을 뿐이다. 극단적인 방법도 생각했다. 그마저도 의미 없는 일이었다. 자본주의와 법치주의의 다른 말은 각자도생이다. 끌려 나가는 한이 있어도 버틸 작정이었다.

아무것도 할 수 없었다. 그렇다고 아무것도 하지 않은 것은 아니었다. 알아볼 만큼 알아봤고, 찾아다녔다. 그런 노력은 아무런 효과나 의미가 없었다. 현재는 일을 해결하기 위해 회사를 그만두었다. 소진이 직장에 나간 덕분에 생활이 유지되었다. 시위가 없는 날은 하루 종일 텔레비전을 보게 되었다. 프로야구가 끝나면 유로파 리그를 보았다.

소진은 점점 말이 없어졌다. 집에 돌아오면 잠이 들 때까지 넷플릭스에서 영화를 보거나 드라마 몰아보기를 했다. 하루는 소진이 보던 드라마에서 사고 치고 다니던 아들이 외항선을 타러 갔다.

"배라도 타야 하나?"

현재가 무심코 한마디 던졌다.

"그러시던지."

화면에서 눈도 떼지 않은 소진이 기다렸다는 듯 대답했다.

너무 대수롭지 않게 말해서 현재는 정말 그렇게라도 해야 할 것 같았다.

소진은 만사가 귀찮다는 듯이 돌아누웠다.

"외항선까지는 그렇고."

현재는 바닥에 배를 깔고 누워 남해안과 섬들을 검색했다. 목포, 진도, 완도…… 배너에 뜬 해남 빈집 재생 프로젝트를 발견했다.

현재는 몇 번이나 이장에게 전화했지만, 연결이 되지 않았다. 안내판에 붙어 있는 시간표를 다시 확인했다. 편의점에 들러 우수영으로 가는 버스가 오지 않는 이유를 물었다. 편의점 알바는 화산 장날이라 늦을 거라고 했다. 인터넷에 올라온 시간표를 보여주었다. 그는 어이없다는 듯이 웃으며 사람이 없으면 빨리 올 것이고,

이언주 소설집

태울 손님이 많으면 늦는 것이 당연한 거라고 했다.

버스는 예정보다 삼십 분이나 늦게 도착했다. 바닥에 주저앉아 있던 노인들이 옷을 털고 일어났다. 제시간에 대지 못한 차를 타박하는 사람은 아무도 없었다. 마지막 손님까지 태운 버스가 출발했다. 지선버스는 마을과 마을을 향해 어둠 속을 달리다가 가로등이 보이는 곳에서 한 번씩 정차했다. 해남에서 타고 온 할머니들이 하차하고 퇴근하는 듯한 외국인 노동자 몇이 차에 탔다. 버스에는 승객으로 그들과 현재뿐이었다. 알아들을 수 없는 이국의 말이 들려왔다.

차창 밖으로 보름을 지나 이지러지기 시작한 달이 따라왔다. 현재는 그런 달조차 낯설었다. 황산 면사무소를 지나고 버스에는 현재만 남았다. 기사가 백미러를 보며 어디까지 가느냐고 큰소리로 물었다. 현재는 옥동리로 간다고 했다. 멀리 보이는 정류장 앞에 사람이 없다 싶으면 기사는 속도를 줄이지 않고 그냥 지나쳐 갔다. 비닐하우스 위로 달빛이 반사되는 들판은 적막하기만 했다. 참을 수 없는 졸음이 밀려왔다. 자다가 깨면 달이 구름 속에 잠겼다가 빠져나왔다. 차를 멈춘 기사가 내리지 않을 거냐며 돌아보았다. 서둘러 버스에서 내려서자 후텁지근한 열기가 얼굴에 덮쳤다. 안경에 습기가 차올라 앞이 흐려졌다.

희미한 바다 냄새가 코끝을 스쳤다. 버스는 브레이크 등을 한번 켜더니 이내 우수영 쪽으로 사라졌다. 가로등도 없는 정류장이었

빈집 재생 프로젝트

다. 달은 사라지고 지척을 분간할 수 없는 어둠이 기다리고 있었다. 산 아래 불빛 하나가 별빛처럼 까마득히 보였다. 서울에서 알던 어둠과는 차원이 다른 물리적 어둠이었다. 어떻게 어둠을 뚫고 나가야 할지. 아득하기만 했다.

휴대전화 송신 버튼을 눌렀다. 길게 이어지던 연결음은 고객이 전화를 받을 수 없다는 메시지만 내뱉었다. 옥동리에 도착하면 이장 집을 쉽게 찾을 줄 알았다. 그런데 아무리 돌아보아도 마을이 보이지 않았다. 지도 어플에는 등고선만 표시될 뿐이었다. 늘 편리하게 쓰던 정보가 이런 시골에서는 통하지 않았다. 멀리 보이는 불빛을 향해 앞으로 걸어갔다. 거리가 좁혀지지 않는 길이 닿을 수 없는 아득한 별빛처럼 느껴졌다. 희끔한 전신주가 가까이 다가왔다가 물러났다. 휴대전화 플래시를 켜고 덤불 사이로 난 길로 들어갔다.

불빛이 보이지 않았다. 막차에서 내렸고, 읍내로 돌아가는 버스가 끊긴 지 오래였다. 바닥 아래 지하실이라더니. 도무지 세상의 끝이 어디인지 알 수가 없었다. 길섶의 거친 풀이 무릎에 스치면서 이슬이 다리를 적셨다. 앞으로 나아갈 수밖에. 어렴풋한 산모퉁이 윤곽 너머가 조금씩 밝아졌다. 다시 불빛이 나타났다. 이제까지 따라온 빛은 외딴집을 비추는 전신주에 매달린 외등이었다. 외등에 의지한 집이 어둠에 휩싸여 있었다.

부슬부슬 내리는 비는 전등갓 아래에서 먼지처럼 날렸다. 비스듬히 대문이 열려 있어 큰소리를 냈다. 기척이 없었다. 현재는 방문 앞까지 다가가 주인을 불렀다. 할머니가 문을 열고 상반신만 내밀 었다. 한밤중에 찾아온 외지인을 보는 눈빛이 불안하게 흔들렸다. 그녀는 이장을 찾아왔다는 그의 말을 얼른 이해하지 못했다.

"김. 구. 식. 이장요."

그는 큰소리로 이장을 만나러 왔다고 또박또박 말했다. 그제야 알아들었다는 듯이 할머니는 흐트러진 머리를 손바닥으로 만지며 나왔다. 뒤통수에 호두알만 하게 뭉쳐진 머리칼을 핀으로 다시 고 정했다. "그이 집은 여기서 십 리도 더 데야." 하고 웅얼거렸다. 현재 는 십 리가 어느 정도인지 감이 오지 않았다. 멀다는 사실만 느껴 졌다. 애원하다시피 하룻밤만 재워 달라고 했다. 그의 행색을 살피 던 할머니가 구시렁거리며 아래채로 내려갔다.

누가 오기로 되었던 모양이었다. 누구인지 모르지만, 하룻밤을 양보한 사람이 고마웠다. 등을 바닥에 붙이자, 온몸이 녹아내렸다. 진흙이 발린 천장은 비뚜름한 들보가 힘줄처럼 밖으로 돋아나 있 었다. 애자를 박은 들보에서 늘어진 전선 줄에 백열등이 매달려 희 미하게 불을 밝혔다. 벽지 대신 신문지로 도배한 드라마 세트장에 들어온 기분이었다. 숨 고를 틈도 없이 모기가 달려들었다. 귓가에 서 앵앵거리는 모기를 쫓으려다가 벽에 걸린 액자에 부딪히고 말 았다. 떨어지는 액자를 손으로 받아 내어 다시 벽에 걸었다. 흑백 사진들이 다닥다닥 들어차 있는 오래된 액자였다. 망건을 쓴 노인의 사진과 곡괭이를 든 남자들이 광산 앞에서 찍은 사진도 있었다. 신랑 신부가 초례상 앞에 선 기념사진도 눈에 띄었다. 빛바랜 사진들은 액자 안에서 시간이 멈춘 채로 낡았다.

모기향을 들고 온 할머니가 문지방을 짚고 접시를 내려놓았다. 불빛 아래서 할머니를 제대로 보았다. 적어도 구십은 더 되어 보였다. 할머니는 손으로 바닥을 쓸어보고 끙, 소리를 내며 몸을 일으켰다.

"더분께 수도 깐에서 조가 씻던가, 내일은 바쁘게…… 쉬더라고."

날이 밝는 대로 꾸물거리지 말고 갈 길 가라는 투였다.

현재는 에어컨 없이 문을 닫고 있으려니 숨이 막혔다. 하는 수 없이 찬물을 한 바가지 끼얹었다. 문턱에 모기향 불을 피워 두고 비스듬히 문을 열었다. 숨통이 조금 트이는 듯했다. 잠이 오지 않아 뒤척거리다가 팔을 베고 벽을 향해 모로 누웠다. 부엌에서는 밤 늦도록 달그락거리는 소리가 멈추지 않고, 처마 끝에서 낙숫물 떨어지는 소리가 났다. 빗소리가 까무룩 멀어졌다. 바람 소리인지, 누가 휘파람을 부는지 아득한 소리가 귓가에 맴돌았다. 눈을 뜨자 방안이 환했다. 멀지 않은 곳에 바다가 있을 거로 생각했다. 불을 끄고 다시 누웠다. 어느새 달그락거리던 소리도 끊어지고 온 세상이 고요했다. 귀를 기울이지 않으면 들리지 않을 만큼 빗소리가 가늘어졌다.

이언주 소설집

"송지 아짐은 잘 계싱가?"

"잠시 들왔다 가시게요. 뭣이라도 쏠차이 차렸을 텡게요."

"각시가 오롯이 기돌릴 턴디."

빗소리가 흩어지고 웅성거리는 목소리가 들려왔다. 한밤중에 손님이 찾아온 모양이었다. 피로에 짓눌린 눈꺼풀이 쉽게 떠지지 않았다. 그래도 낯선 말투가 신기해, 현재는 문을 밀고 밖을 내다보았다. 어두운 마당에는 나무 그림자만 일렁이고 사람 기척은 없었다. 서늘한 기운이 느껴져 얼른 문을 닫았다. 귀는 바깥을 향해 열려 꿈속에서 영화를 보듯이 다른 꿈을 꾸는 느낌이었다.

"저 아그들은 못 보던 얼굴인디? 산방굴에서 지와 한 조로 있었구만이라. 지비도 때가 되믄 돌아간다는디, 인자 갈 데도 없어라. 그짝은 나이가 몇이나 되얐는가? 지는 열여섯이고 자는 열일곱이구마요. 어쩌거나, 한창 땐디. 어매 아배 다 떠나불고 자꾸 이래 신세지네요이. 하모 해방이 된 지가 언젠디. 그라제라."

현재는 마루에 라디오를 켜 놓았다고 생각했다. 남도의 사투리가 파도처럼 꿈과 생시를 넘실대며 오갔다. 말을 따라 흉내 낼 수는 없지만, 단막극의 내용이 무엇인지 알 것 같았다. 숨을 죽여야 들리는 작은 목소리들이 다시 이어졌다. 꿈을 하나씩 걷어내면 현실로 돌아가 잠이 깰 거로 생각했다. 서울에 있을 때부터 불안한 밤이면 시리즈 영화처럼 이어지는 꿈의 문을 넘나들곤 했다. 그들이 주고받는 이야기도 드라마나 유튜브에서 들을 법한 내용이었다. 어쩌면 액자 속에 있는 사람들이 혼령으로 마당에 어슬렁대고 있을지도 모를 일이었다.

마당에 불이 꺼지고 주위가 깜깜해졌다. 집에서는 도로 가까이 있는 건물들이 뿜어내는 불빛으로 어슴푸레한 어둠에 익숙했다. 낯선 어둠 속에서 풀벌레가 시끄럽게 울어 댔다. 방이 아니라 풀숲에 누운 기분이었다. 눈에 잘 보이지도 않던 작은 벌레들이 어떻게 이런 큰소리를 내는지. 고시원으로 짐을 옮긴 소진이 생각났다. 그녀는 습관처럼 유튜브에서 수면을 유도하는 풀벌레나 빗소리를 들으며 잤다.

어느 순간 아무 소리도 들리지 않았다. 바깥에서 누가 이쪽을 바라보는 기분이었다. 잠이 확 달아났다. 등골을 타고 빠르게 전류가 흘렀다. 문이 있는 곳을 쳐다봤다. 깜깜한 어둠 속에서 어슴푸레하게 문이 드러났다. 누군가 안으로 들어오려는 듯, 밖에서 문을 잡고 흔들었다. 현재가 문고리를 붙잡았다. 문은 점점 더 세차게 흔들렸다.

새소리에 잠이 깼다. 햇살이 문틈으로 비집고 들어와 눈을 찔렀다. 몸이 무거워 일어날 수 없었다. 그는 이마에 손을 얹은 채로 어젯밤 일을 생각했다. 이상한 꿈이었다. 하지만 꿈이라기엔 너무 생

이언주 소설집

생했다. 영화나 드라마를 찍는 연예인들이 귀신을 보면 대박 난다고 했다. 그냥 귀신을 보았다고 믿기로 했다.

"인났시면 이리 좀 나와 보시게요."

바깥에서 할머니의 목소리가 들렸다. 툇마루에 아침상이 차려져 있었다.

"그륵은 부시지 말고 상보만 덮어 놓고 가더라고."

외출할 준비를 마친 할머니가 소리를 내며 힘겹게 일어났다. 허리를 펴고 잠시 현재를 돌아본 할머니가 대문을 향해 걸어 나갔다. 허리는 굽었지만, 뒷짐을 지고 내딛는 걸음이 흐트러지지 않았다. 그런 할머니를 보며 현재는 기둥과 처마를 둘러보았다. 할머니의 굽어진 등허리만큼이나 세월이 느껴졌다.

"대박."

상보를 걷은 현재가 소리 질렀다. 할머니 혼자 사는 집의 밥상이라기엔 믿기 어려울 만큼 갖은 나물과 육전까지 진수성찬이었다. 시골 인심이 그대로 느껴졌다. 아침 햇살 아래 싱그러운 바람을 맞으며 아침을 먹었다. 바닷가 마을인데 생선이나 바다에서 난 것은 하나도 없었다. 어촌에 살다 보면 해산물이 질릴 수도 있겠다 싶었다.

현재는 빈 그릇을 씻어 마루에 올려 두고 집을 나왔다. 멀쩡한 길을 두고 논두렁을 헤매고 다니던 밤과는 다른 풍경이었다. 지도상에 계약된 집이 가까이 있었다. 칠을 새로 한 파란 대문이었다.

새벽에 가까운 이른 아침인데 일하는 농부들이 보였다. 공기 속에서 찝찔한 바다 냄새가 풍겼다.

구글 맵에 옥동리는 할머니의 집과는 꽤 떨어진 곳이었다. 이장 집은 치유의 숲 근처라 찾기 쉬웠다. 트럭에 어구를 싣던 그가 현재를 보고 반가워했다.

"하마터면 못 보고 갈 뻔했게요."

그는 양식장으로 나가는 길이라며 마당 안쪽에 손녀인 듯 보이는 여자를 불렀다.

"아가, 여그 손님헌티 집도 갈차 주고, 광산 소개도 좀 해 주그라이."

갓 수확한 고구마 더미에서 흠다리를 골라내던 여자가 자리에서 일어났다. 그녀는 안으로 들어가 열쇠와 봉투를 가지고 나왔다. 어깨까지 늘어뜨린 부스스한 머리칼과 헐렁한 반바지가 눈에 들어왔다. 그녀는 짝다리를 짚고 서서 현재를 빤히 바라보았다. 그쪽이 무슨 생각을 하는지 다 안다는 듯이 입가가 실룩거렸다. 소진보다 몇 살 아래로 보이는 여자의 거무튀튀한 피부와 번들거리는 눈빛이 거슬렸다. 여자가 흙 묻은 바지를 툭툭 털면서 오토바이를 끌고 나왔다.

현재는 손사래를 쳤다. 어젯밤 그 옆집에서 잤다고 혼자 갈 수 있다고 말했다.

"서울에서 이런 데를 왜 와요?"

현재는 얼굴이 굳어졌다. 환대까지는 바라지도 않았다. 날을 세

이언주 소설집

우며 치고 들어온 말에 현재는 움찔했다. 귀촌 유튜브를 구독하는 친구가 했던 말이 떠올랐다. 토박이 갑질과 무례하게 남의 일에 참견하는 시골 정서가 이런 거구나 싶었다. 현재는 헛웃음을 지었다.

파란 철대문을 열고 현재가 집으로 들어섰다. 서울에서 보낸 택배 상자들이 툇마루에서 기다리고 있었다. 집을 대충 둘러보고 안방으로 들어갔다. 비어 있는 방을 한 바퀴 빙 돌았다. 벽에 등을 기대고 앉아 오늘이 1일이 된 새로운 세계를 바라보았다. 마당의 반을 차지한 텃밭이 한눈에 들어왔다. 집을 수리하며 덤불을 걷어낸 자리에 듬성듬성 잡초가 싹을 내밀었다. 휑한 방에 누워 바깥을 내다보았다. 파란 대문 윗부분이 구름 한 점 없는 하늘에 오려 붙인 듯했다. 소진에게 '자리가 잡히면 연락하겠다'고 했었다. 챙이 큰 모자를 쓰고 텃밭을 가꾸는 그녀를 상상했다. 언제 올래? 현재는 카톡에 문자를 찍었다. 엔터 키를 누르기 전에 벨이 울리면서 화면이 바뀌었다.

빈집 재생 담당자였다. 군청에 사정이 생겨 오후에나 올 수 있을 거라고 했다. 담당자와 집 상태를 확인하고 사인하는 일이 남아 있었다. 우선 필요한 것은 전화로 전한다며 지시에 가까운 안내를 받았다. 그는 주민등록지 이전에만 관심 있어 보였다. 한 달 안에 온라인으로 이전하라 재차 강조하고 전화를 끊었다. 이장 집에서 받아온 봉투를 열어 보았다. '능능 청년 마을'에 관한 안내 책자들이 쏟아져 나왔다. 옥공예 계승을 위해 청년 예술인을 유치하는 프로그램이었다.

현재는 운명처럼 새롭게 열리는 길 앞에서 가슴이 떨렸다. 와 보니……, 휴대전화에 메모했다. 청년 거점 마을이 조성되면 자신은 1기 주민이 된다. 예술가들과 어울려 축제를 준비하고 지역방송에서 취재하러 기자들이 오가고……. 자기도 모르게 입꼬리가 올라갔다. 청년 마을과 주민자치회가 협업하는 안내 브로셔를 펼쳤다. 일제강점기에 강제 동원된 노동자들의 아픈 역사를 재조명하고 다문화 청년과 청년 예술인의 정착 사업을 추진한다는 내용이었다.

향후 3년간 '지방 소멸 기금' 33억 원을 투입할 예정이라고 했다. 33억. 눈앞에 굴러가는 동그라미 숫자를 세면서 동영상을 찍어 올리는 소진을 상상했다. 그녀는 오래전부터 일을 관두고 유튜버가 되는 것이 꿈이었다. 소진에게도 해남은 블루 오션일 것이다.

현재는 대학에서 도예를 전공했다. 재능이 있어 선택한 길은 아니었다. 도예 특성화 대학이 집과 가까운 곳에 있어서였다. 성적에 맞추어 간 학교여서 졸업한 후로 도자기와 상관없이 살았다. 전통 공예라는 점에서 낯설지 않았다. 과거와 맥락이 이어지는 것이 새로운 운명을 맞이하는 기분이 되었다. 꿈에 유령들이 다녀간 것도 다 이유가 있었던 거라고, 현재는 스스로 고개를 끄덕였다. 그는 밖으로 나가 마당을 둘러보고 사진을 몇 장 찍었다.

어젯밤 묵었던 할머니의 집 앞을 지나 마을로 들어오는 진입로

이연주 소설집

로 나갔다. 산을 끼고 돌아가는 샛길이 나 있었다. 차 한 대 겨우 빠져나갈 정도의 좁은 도로에 옥매산 광산 이정표가 보였다. 산을 끼고 걷다 보니 선착장이 나타났다. 길이 끊어지고 산과 바다에 갇힌 기분이었다. 빈 병과 망가진 어구들이 아무렇게나 널브러져 있어 폐선착장인 듯했다.

휴가철인데도 해안에는 사람이 없었다. 창고 가까이에 낡은 오토바이 한 대가 햇빛에 달궈지고 있었다. 육중한 콘크리트 건물 앞에는 특이한 모양의 희생 광부 추모비가 보였다. 긴 쇠막대기에 쇠공을 꿰어놓은 모양이 신기해 사진을 찍었다. 바람에 쇠공이 기둥을 긁는 소리가 끊이지 않는 휘파람 소리처럼 들렸다. 칠이 벗겨진 안내판 앞에 서서 옥매 광산 역사 이야기를 읽었다. 콘크리트 건물은 광산의 군수 창고였다. 창고로 들어섰다. 터널로 이어진 축축한 바닥과 벽에서 냉기가 뿜어져 나왔다. 벽 두께가 1미터가 넘는다는 안내문이 실감이 났다.

창고 한쪽 버려진 소파에서 시커먼 물체가 벌떡 일어났다. 이장 집에서 만났던 손녀였다. 난 또, 이쪽을 힐끗 확인한 여자는 별일 아니라는 듯 다시 그 자리에 벌러덩 누웠다. 마음 놓고 담배를 피우는 비밀 아지트 같았다. 현재가 어색하게 웃었다. 어깨를 으쓱해 보이며 여자가 있는 쪽으로 다가갔다. 청년 마을 프로그램에 관해 몇 가지 물어볼 것이 있었다.

"아침에 받은 봉투에⋯⋯."

"어차피 안 할 거잖아요. 서울에서 여기까지 뭐 하러 왔어요?"

그녀는 능능길 조성이라는 말이 나오기도 전에 현재의 말을 잘랐다. 관광하듯 왔다가 돌아가는 사람들에 대한 혐오를 있는 그대로 드러냈다.

"할 건데요."

현재가 맞받아쳤다.

뜻밖이라는 표정으로 그녀가 일어나 앉았다.

"나도 한 개비 줄래요?"

현재는 무슨 말인가 뱉으려 했지만, 말이 되지는 않았다. 낡은 3인용 소파를 하나씩 차지하고 두 사람은 다른 쪽을 보고 앉아 있었다. 여자는 몸을 일으켜 담배를 건넸다. 통로로 서늘한 바람이 스쳐 지나갔다. 담배에 불을 붙이자, 다시 쇠공이 사르랑거리는 소리가 들렸다. 현재는 몸을 낮추어 소리가 나는 바깥을 살폈다. 그 모습을 보고 여자가 물었다.

"우는 소리 같지 않아요?"

"나는 저 소리가 휘파람으로 들리는데요."

현재는 선착장에 들어서며 세이렌의 노래를 떠올렸다. 육지가 끝나는 곳에 무너진 부두. 뒤돌아보면 속이 컴컴한 동굴이 입을 벌리고. 바다 건너가 보이지만 한 발짝도 여기서 벗어날 수 없는 전설이 저절로 지어졌다.

"건물 바깥벽에 총탄 자국 못 봤어요? 아무것도 모르고 왔나 보

　　　　　　　　　이언주 소설집

네. 여기 귀신 많은데."

여자는 현재의 머리 쪽으로 얼굴을 쑥 들이밀면서 킥킥 소리 내 웃었다.

태평양전쟁 때 미군이 폭격을 때렸다나 어쨌다나. 현재는 여자에게 소설 쓰냐고 묻고 싶었다. 6·25라면 몰라도 태평양전쟁이라니.

"귀신도 많다면서 혼자 있으면 무섭지 않아요?"

현재가 물었다.

"죽은 사람이 뭐가 무서워요."

동의할 수 없다는 듯이 표정 없는 얼굴로 현재가 여자를 쳐다봤다. 여자는 싫어하는 소린데 자꾸 듣다가 보니 자기도 따라 한다며 입을 삐죽했다.

"여기 일제 수탈 현장이잖아요. 요 뒷산에 명반석을 하도 캐내서 옥매산 고도가 낮아졌어요."

현재는 명반석이 옥석의 종류인지 물었다. 여자는 일본에 없는 광물로 알루미늄 재료라고 설명했다. 명반석을 캐내던 광부들은 태평양전쟁이 막바지에 제주도로 강제 징용되었다.

"그때 징용된 분들을 추모하는 건가요?"

"아뇨, 그 정도면 다행이게요. 해방이 되고 집으로 돌아오던 목선이 청산도 앞바다에서 불이 났어요. 고의로 사고를 냈다는 말도 있고."

잠시 말을 끊었던 여자가 팔을 내밀어 방향을 가리켰다.

"직선으로 보이는 저 너머가 청산도고요, 왼쪽으로 쭉 가면 팽목항이 있는 진도에요. 이 일대 바다가 슬픔이 좀 많은 편이기는 하죠."

"가 봤어요?"

밖을 내다보던 여자가 인상을 찌푸리며 고개를 저었다.

"엊저녁에 제사 지내는 집이 많았을걸요, 때가 되면 추적추적 비가 와요."

현재는 어젯밤 할머니가 밤늦게까지 달그락거리던 이유를 알게 되었다. 손바닥으로 팔을 쓸어내리며 짧아진 담배를 깊이 빨아들였다.

"그런 줄도 모르고 아침에 제삿밥 잘 얻어먹었네요."

현재는 하룻밤 사이에 까칠해진 턱을 만지며 말했다.

"어제 송지 아짐 집에서 잤어요? 그 할매도 고생 많았다던데. 결혼하고 얼마 안 돼 남편이 징용 갔거든요. 누가 열녀문 안 주나 몰라. 우리 집은 할아버지가 유복자로 태어나 다행이에요. 그래서 내가 이 모양 이 꼴이긴 하지만."

손가락으로 꽁초를 튕겨 내며 여자가 현재를 보고 피식 웃었다. 물이 고인 바닥에 떨어진 불씨가 꺼지는 소리를 냈다.

"아까는 미안했어요."

현재가 청년 프로그램에 참여하겠다고 한 다음부터 그녀의 말투가 누그러졌다. 광주에 나가 살다가 돌아온 지 일 년이 채 되지 않았다고 했다.

현재는 하소연하듯 해남에 도착하면서부터 겪은 일을 이야기했다. 고무줄처럼 제멋대로 늘어났다가 줄어드는 버스 시간표와 전화를 받지 않는 사람들. 해가 지고 어둠이 내리자 곧바로 암흑세계로 빠지는 시골 풍경에 대해서.

"그건 그렇고, 저런 건 처음 봐요."

현재가 바깥을 향해 고개를 쭉 내밀며 추모비 이야기를 꺼냈다.

"해몰 광부 숫자예요. 저거 만들 때도 엄청 시끄러웠어요. 피해 보상도 못 받는데 케케묵은 역사를 들먹거리는 이유가 뭐냐고."

"보상해 주는 그런 법이 있지 않았나? 언젠가 티비에서 본 것 같은데."

현재가 물었다.

"마을에서 전범 기업을 찾아갔더니 방문 자체를 거절했어요. 오래전 일이라 상관없기도 하고 국가 간에 이미 끝난 일이어서 공소권이 없다네요."

현재가 자리에서 일어났다. '공소권'이라는 말이 짐승의 날카로운 비명처럼 귓속을 긁었다. 창고 안 터널에 고인 공기가 온몸을 짓누르는 듯했다.

"당하는 놈만 맨날 당한다니까."

현재는 잊고 있던 분노가 치밀어올랐다. 시간이 흐르고 세상이 바뀌어도 달라지는 건 없었다. 피해자는 널려 있는데 책임질 사람은 없었다. 가해자는 그저 일이 잠잠해질 때까지 기다리면 된다는 식이었고, 힘없이 당한 사람은 입을 다문 채 잊혔다. 피해자는 피가 마르는데도 사람들은 '나만 아니면 된다'는 마음으로 시선을 피했다. 불행의 이유는 언제나 하나였다. 하필이면 그날, 거기 있었다는 것.

현재는 밖으로 나왔다. 정오의 태양은 하늘 한가운데서 열기를 뿜었다. 잡풀이 우거진 오솔길을 따라 골짜기로 올라갔다. 한참 후 뒤돌아보니 마을이 한눈에 들어왔다. 겉으로 보기엔 평화롭고 고즈넉한 시골 풍경이었다.

과거로 돌아간다면, 어디까지 거슬러 돌아가야 치유와 회복이 될 수 있다는 말인가. 지난 1년 동안 경찰서와 법원을 뛰어다니며 십 년은 더 늙어 버린 것 같다. 다 지나간 일을 이제 와서 어쩌라고. 바닷물이 빠져나가자 산 아래 검은 뻘이 드러났다. 그렇다면 속죄는 누가 누구에게 해야 하는 걸까. 순박해서, 세상 물정을 몰라 희생된 것도 죄가 될 수 있을까. 문자 알림음이 울렸다.

「엄마가 집으로 들어오래.」

현재는 소진이 보낸 문자를 한 글자씩 또박또박 읽었다.

자신이 끼어들 자리가 없었다. 멍하니 바다를 바라보았다. 옛날부터 소진은 귀신이라면 기겁했다. 넷플릭스에서 호평받아도 귀신이 나오는 드라마나 호러물은 보지 않았다. 처음부터 여기는 소진이 살 만한 곳은 아니었다. 낯선 억양과 고개를 돌리는 곳마다 웅

이언주 소설집

성거리고 있는 유령들. 현재는 주연을 빼앗긴 배우가 무대를 한 바퀴 둘러보고 계단을 내려오듯 돌산을 내려왔다. 비참함의 바닥까지 내려가는 기분이었다. 의미 있어 보이던 것들이 모두 시들해졌다. 빈집 재생 담당 공무원도 다시 연락이 없었다. 입주 계약서에 아직 사인을 하지 않았다.

「집도 수리돼 있고, 텃밭도 있어.」

현재가 문자를 보냈지만, 소진은 끝내 답하지 않았다.

산에서 내려오자 바로 해변이었다. 자갈이 섞인 모래톱에 스티로폼 부표와 쓰레기가 어지럽게 널려 있었다. 여자는 저 바다가 슬픔이 많은 바다라고 했다. 현재는 신발을 벗었다. 참을 수 없는 고통에 발가락을 오므렸다. 땡볕에 달궈진 모래알이 바늘 끝이 되어 발바닥을 찔렀다. 운동화와 양말을 아무렇게나 내팽개친 채로 그는 바다를 향해 뛰어들었다. 고요한 물결은 생각보다 차가웠다. 땅끝에 오면 답이 있을 거라 믿었던 건 착각이었다. 땅끝은 그저 바다와 육지가 발등을 번갈아 포개고 있을 자리일 뿐이었다.

사는 게 왜 이 모양인지 모르겠다. 아무리 애를 써도 현실은 아무것도 달라지지 않았다.

지친다, 정말. 현재는 돌아가기로 마음먹었다. 또다시 이렇게 제풀에 나가떨어질 줄 알면서도 뭔가를 기대하고 있었다. 소진이 없으면 세상의 끝마저 아무 의미가 없다.

버스 정류장까지 길은 까마득하게 멀었다. 땀이 비 오듯 흘러내

렸다. 열기에 아지랑이가 피어오르는 길엔 가로수 한 그루도 없었
다. 저 멀리 들녘 너머로 지평선처럼 국도가 가로지르고 차들이 질
주했다. 달리고만 있을 뿐, 지나간 시간은 흔적조차 남지 않았다.
환한 빛 속에서 현재는 끝없이 제자리걸음만 했다. 걸음을 내디딜
때마다 짧게 뭉쳐진 그림자가 바쁘게 따라붙었다. 허정허정 걷는
자신이 유령처럼 느껴졌다.

　멀리서 오토바이 한 대가 빠르게 달려왔다. 현재는 길가로 바짝
붙어 걸었다. 이장의 손녀가 모르는 사람처럼 스치고 지나갔다. 현
재는 뒤돌아서 멀어져 가는 그녀를 바라보았다. 헬멧을 쓰지 않은
머리칼이 나뭇가지처럼 휘날렸다. 그녀는 이곳으로 돌아오고 싶지
않았다고 했었다. 피부색이 유달리 검은 그녀가 할아버지 집으로
돌아온 이유를 묻지 않았다. 팔월 한낮의 더위로 복잡하게 뒤엉키
던 생각은 새하얗게 사라졌다. 어디든 그늘만 있으면 몸을 피하고
싶었다.

　정류장이 가까워졌다. 현재는 그늘 속으로 뛰어 들어갔다. 그는
거기에 먼저 와서 쉬는 사람을 보고 흠칫 놀랐다. 할머니가 땅바닥
에 지팡이를 내려놓은 채 웅크리고 있었다. 어젯밤 현재를 재워준
할머니였다. 흐트러진 머리칼은 땀이 말라 얼굴에 그대로 붙어 있
었다.

　"어디 다녀오시는 길이에요?"

　현재가 알은체하며 인사를 건넸다.

　　　　　　　　　　　　　　이연주 소설집

할머니는 힐끗 올려다보더니 다시 고개를 돌렸다.

"이, 절에."

마치 현재를 알아보지 못한 듯 짧게 대답했다.

"아침 잘 먹었어요."

현재가 할머니 옆에 쭈그리고 앉았다.

그제야 할머니는 실눈을 뜨고 현재를 다시 바라보았다. 기운이 다 빠진 희뿌연 눈동자와 마주치자, 현재는 얼른 시선을 돌려 버렸다. 잘게 부서진 빛이 날리다가 아지랑이로 피어올랐다.

먼지가 가볍게 날리는 길 위에 적요가 밀물처럼 스며들었다. 땡볕을 피해 손바닥만 한 그늘에 할머니와 쭈그리고 앉아 있는 현재 곁에 마치 누구 한 사람이 더 앉아 있는 기분이었다. 한밤중에 동행을 집으로 데려오는 사람. 바닷속에 잠겨 있으면서도 언제든 할머니에게로 돌아오는 사람 말이다. 현재는 갑자기 울컥했다. 그래서 지난밤 꿈에서 본 유령들에 관해 이야기했다.

"죽은 기 뭐가 무서워야."

할머니는 귀가 잘 안 들리는 듯 고개를 끄덕이며 말했다.

그 긴 시간을 어떻게 견디셨냐고요……, 현재는 혼잣말을 중얼거렸다. 새소리와 나뭇가지 흔들리는 소리에 깊은 숲속에서 혼자 앉아 있는 기분이었다. 바람이 스치며 코끝에 맺힌 땀방울이 뚝 떨어졌다.

고목 밑동처럼 앉아 있던 할머니가 긴 숨을 몰아쉬듯 읊조렸다.

"암만 가도 저 질이 끝나질 안해야. 이 밤이 끄친가 하다가도 자고 나면 거즈깔 맨키 새북이 오고…… 산 목심은 어찌케도 살게 돼 있지라."

현재는 고개를 돌려 땀을 닦듯이 손바닥으로 눈물을 훔쳤다. 멀리서 먼지구름을 피우며 버스가 달려왔다.

"거짓말처럼 벽에 붙은 도착 시간에 맞추어."

버스 소리에 할머니의 목소리가 묻혔다. 현재는 할머니를 부축해 자리에서 일어섰다. 등허리가 기역 자로 휘어진 할머니의 그림자가 짧고 굵은 원을 그렸다. 버스가 정류장 앞에 멈춰 섰다. 할머니의 짐까지 챙겨 든 현재가 어정쩡하게 서 있었다. 버스 문을 연 기사가 탈 건지 말 건지 물었다. 할머니가 고개를 가로저으며 손사래를 쳤다. 버스는 다시 먼지구름을 일으키며 간선도로를 벗어나 국도 쪽으로 달려갔다. 고꾸라지듯 할머니가 발을 앞으로 내디뎠다. 현재는 집이 있는 곳으로 천천히 발걸음을 옮겼다. (*)

고스팅

1

사회 안전 보안국에서 호출 신호가 왔다. '안나 타워 복귀.' 소름 끼치도록 분명한 어조로 명령이 전달됐다. 나는 수중 명상을 위해 블루 홀로 들어가던 중이었다. 순간 몸이 물 위로 떠 올랐다. 젖은 머리를 말리지도 못하고 옷만 갈아입고 나왔다. 보안관과 무장한 군인이 로비에서 기다리고 있었다. 호기심 가득한 주위의 시선들이 몰려들었다.

"안나 씨입니까?"

호모데우스 유진의 일로 같이 가야겠다며, 밖에서 기다리던 보

이언주 소설집

안관이 말했다.

나는 불안한 마음으로 수송정에 올랐다.

"유진이 돌아왔나요?"

보안관은 표정 없이 고개를 가로저었다. 수송정은 빠르게 움직였다. 의회 앞 타워 꼭대기에 붉은 숫자가 크게 보였다. 1053. 영원한 생명을 가진 호모데우스의 숫자였다. 안나는 코끝을 만졌다. 복제 출생한 후로 처음 있는 소환이었다. 유진을 찾았을지도 모른다는 기대감에 가슴이 떨렸다. 그가 영원히 돌아오지 못한다면. 두 눈이 질끈 감겼다. 수송정이 연구소 기지에 도착했다. 정문을 통과한 일행은 플랫폼에서 내렸다. 거기에 실내 이동 플랫이 기다리고 있었다.

보안관을 따라 들어간 공간에는 홀로그램들이 겹쳐 나타났다가 사라졌다. 한 남자가 홀 가운데 서서 팔짱을 끼고 심각한 얼굴로 화면을 넘기고 있었다. 보안관이 잠시 대기하라고 손짓했다. 나는 그 자리에 기다리고 서 있었다. 자료 화면을 펼치는 모습이 마치 허공에 줄을 잇는 듯 보였다.

남자가 돌아섰다.

"조시 박사입니다. 실종된 유진을 추적하는 분이십니다."

보안관이 남자 쪽을 가리켰다.

"시간을 내주셔서 감사합니다."

"천만에요."

나는 콧등에 맺힌 땀을 훔쳤다. 긴장할 때마다 나타나는 생리 현상이었다.

조시 박사가 화면 하나를 끌어와 밀림 지대를 스캔했다.

"유진인가요?"

내가 묻는 말에 박사는 모호한 표정을 지었다. 앉으라며 의자에 있던 모자를 집어 들었다. 그는 내게 뇌파 모자를 씌우고 검사 장치를 연결했다. 홀로그램이 눈높이로 내려오자, 파괴된 도시 전경이 눈앞에 펼쳐졌다. 조시 박사는 여러 화면을 확대하다가 건물 잔해가 있는 곳에서 손이 멈췄다.

"우리는 유진을 찾기 위해 최선을 다하고 있어요."

조시 박사는 지도 한 지점을 손가락으로 키웠다.

"안나 씨, 여기를 자세히 보시죠."

확대된 영상은 화면이 선명하지 않았다.

"돔 바깥에 있는 세상인가요?"

박사는 대답 대신 고개를 끄덕였다.

"불가능한 일로 알고 있는데요."

나는 박사를 빤히 올려다보며 말했다.

"이론상으로는 그렇습니다. 유진에게는 호모데우스의 활성화된 뇌가 탑재되어 있습니다. 우리가 아직 밝혀내지 못한 영역을 활용하고 있을지도 모른다는 뜻이죠. 안나 씨의 확인이 필요합니다. 가족만이 느끼는 특별한 감각이 있을 수 있으니까. 복제 가족이긴 하

이언주 소설집

지만 말입니다."

'복제'라는 말에 힘주어 말했기에 나는 몸을 움찔했다.

조시 박사가 가리키는 곳은 콘크리트 빌딩에 넝쿨이 뒤덮인 폐허가 된 도시였다. 층과 층 사이 유리가 깨어진 공간에 서 있는 희미한 형체가 보였다.

#오스트레일리아 록햄프턴. 동경 150° 30.7′, 남위 23° 22′에서 형체의 특징적인 부분마다 커서가 움직였다.

"돔 밖에서도 식물이 자라고 있군요."

"방사능에 과다 노출되어 비정상적으로 성장한 것들입니다."

조시 박사는 대수롭지 않게 대답했다.

나는 건물 안에 서 있는 사람이 유진이라는 사실을 한눈에 알아보았다. 불규칙한 혈류 소리가 머릿속을 긁고 지나갔다. 자연인 안나에게서 전사된 무의식 영역까지 불러내 일치하는 내용을 다른 화면에 기록했다. 조시 박사는 유진의 영상에 노출된 세포 반응 속도와 감정 변화를 관찰했다. 실시간 변하는 나의 생체 데이터가 모니터에 나타났다. 그래프들이 요동쳤다.

가까이 잡힌 사진이 한 지점에서 멈췄다. 그가 이쪽을 바라보고 서 있다는 착각. 순간 나는 심장이 찔리는 고통을 느꼈다.

가다아기 66년 7월 15일 09시 41분, 중앙 텔레그램 뉴스쇼에서 돔 바깥의 생물체가 포착된 것은 우연이었다. 대폭발 이후 폐허가

고스팅

된 지구가 어느 정도 회복되고 있는지 위성으로 관찰한 기획 프로그램이었다. 대상 노출 시간은 불과 0.8초였다. 미스터리 추적 동호회에서는 그 화면을 끈질기게 분석했다. 비공식 매체들이 돔 바깥에 생명체가 출현했다고 주장했다. 호모데우스 유진의 실종은 홀로그램 망에서 음모론으로 번졌다. 어쨌든 정부 기구인 지구 회생 전담반은 반세기에 걸쳐 돔 외부 생태계를 꾸준히 관찰해 왔고, 적도 남반부에서 토질을 정화하는 덩굴 식물이 자란다는 사실을 발표했다. 중앙 매체는 뉴스쇼 화면에 나타났던 생명체가 단순한 그림자일 뿐이라고 보도했다. 돔 바깥은 여전히 공기 오염 수치가 높고, 산소 호흡하는 동물이 생명을 유지할 환경은 아니라고 판단했다.

서기 2159년 지구는 소행성 아포피스와 충돌할 것으로 예측했다. 소행성 궤도를 바꾸기 위해 인류는 접근을 방해하는 위성들을 쏘아 올렸다. 대기권에 진입하지 못한 주요 위성이 아시아 대륙 북부로 추락했다. 지구는 넘쳐나는 핵폐기물을 무분별하게 매설한 상태였다. 시베리아 원자력 폐기물 저장소 부근에 떨어진 위성이 대륙을 따라 연쇄 폭발을 일으켰다.

2159년 8월 15일 07시 53분 예상대로 유성이 충돌했다. 돔이 흔들리며 미세한 균열이 일어났다. 그 정도는 이미 예측했던 대로였다.

유엔에서는 소행성 충돌을 대비하여 범국가 비상 조직인 '의회'가 구성되어 활약했다. 유성 충돌이 사실화되자 어떤 이사국에서는 새로운 행성을 찾아야 한다고 했다. 영화에서나 나올 법한 발상

이언주 소설집

이었다. 나사에서는 충돌이 예상되는 지구 반대쪽에 충격이 적은 지점을 찾아냈다. 남태평양 솔로몬제도 근처의 무인도였다.

인류를 보존하는 일이 최고의 목표였다. 의회는 대규모 우주 수송선을 만드는 대신 섬을 둘러싼 가디아 돔을 건설했다. 일종의 방주였다. 돔이 완성된 서기 2157년을 가디아 원년으로 제정했다. 유성과 충돌하기 전에 필요한 요원들을 이주시켰다. 안타깝지만 전 인류를 구원할 수는 없는 일이었다.

새로운 환경에서 인간의 노화는 과거보다 빨라졌다. 피폭의 영향은 사람마다 다르게 나타났다. 전통적인 방식으로 인구의 증가는 불가능해졌다. 안정기에 접어들 동안 과학원에서의 활동은 신선한 공기를 만드는 일과 생명 연장에 집중되었다.

돔에 거주하는 가디언들은 두 부류로 나뉘었다. 우수한 두뇌와 영향력을 가진 과학자 집단과 그 외의 일반인이었다.

153명의 의회 의원과 과학자, 군인, 언론인을 포함한 900명이 특별한 존재로 선정되어 자연사 이전에 영원한 생명으로 이어지는 수술을 받았다. 초저온 상태에서 분리된 뇌는 자신의 배양된 육체에 이식되었다. 활성화된 뇌는 신경망을 연결하는 과정에서 증폭되어 신체에 손상이 와도 스스로 재생하는 능력을 갖추었다. 신과 인간을 결합한 초인류가 호모데우스, 호데였다. 그들은 무한대로 넓어진 세계관으로 영원한 삶을 누렸고, 일반인은 자기 복제를 통하여 생명을 연장했다.

고스팅

일반인으로 등록된 개인의 체세포는 아카이브에 저장된 기억과 함께 중앙연구소 인큐베이터에서 배양했다. 복제인은 주로 호모데우스의 가족이거나 예술인이었다. 일반인의 죽음이 확인되면, 숨을 불어넣은 복제인이 사저로 나갔다. 대부분 함께 생활하는 호모데우스의 의사에 따라 나이대가 지정되었다.

뇌 전문의였던 유진은 과학자 집단으로 선발되어 돔으로 이주했다. 초인류화 과정의 집도의였던 그는 가디아기 21년, 호모데우스로 선발되었다. 이후 그가 성공한 수술만 400회 이상이었다. 그런 그가 가디아기 39년 12월 25일 실종되었다. 안나가 사망하고 며칠 뒤였다.

네트워크에 떠돌던 대화들을 잠시 떠올렸다. 호모데우스 유진에 관한 음모론을 기정사실로 받아들이는 모임도 있었다. 어쨌든 나는 실종 호모데우스 기사는 하나도 빠뜨리지 않고 확인했다. 조시 박사는 움직이는 대상이 유진일 거로 추정했다. 골조만 남은 빌딩 창가에 드러난 생물체는 렌즈에 잡히는 순간 다시 사라졌다. 열 센서가 작동하지 않은 것으로 보아, 그것은 산소 호흡하는 원시 생물은 아니었다.

"얘기해 주실 것이 더 있습니까? 무엇이라도 좋습니다."

조시 박사가 물었다.

나는 고개를 가로저으며 그의 눈을 바라보았다.

"유진을 구조할 수 있을까요?"

내 질문에 조시 박사는 굳은 표정으로 한동안 침묵했다.

"실종된 유진의 귀환은 우리 가디아의 희망입니다. 좋은 결과가 있을 겁니다. 이 프로젝트가 극비란 건…… 잘 아시리라 믿습니다. 안나 씨는 오늘 저와 만나지 않았습니다. 원하신다면 기억 삭제를 도와드릴 수도 있어요."

조시 박사는 다짐이라도 받듯이 굳은 목소리로 말했다. 그의 표정에는 석연치 않은 구석이 있었다.

나는 유진이 돌아오기를 간절히 바랐다. 그는 내 유일한 가족이기에 어떤 기억도 함부로 삭제할 수 없었다.

"혹시 전생의 기억이 누락될 수도 있나요?"

조시 박사에게 조심스럽게 물었다.

"그런 경우는 없었습니다. 곧 다시 연락을 드리죠. 협조해 주셔서 감사합니다."

보안관이 돌아가는 길을 안내했다.

2

한동안 나는 어떤 사교 모임에도 나가지 않았다. 애정 없는 타인의 관심은 호의가 아니라 부담스러운 호기심에 불과했다. 실종 호데의 배우자가 안전 요원들을 따라간 것이 네트워크에서 특종이 되었다. 개인 채널로 유진의 실종이 그럴듯하게 부풀려져 실제 사건처럼 보도되었다. '유진'의 이름이 검열 대상 단어가 되어 사용할 수 없었고 오진이나 희진으로 변용되어 쓰였다. 그러다가 마침내 '고스팅'이란 단어로 대체되었다. 고스팅이란 호모데우스와 복제된 배우자 사이에서 한쪽이 연락을 끊고 잠적한 상태를 의미했다.

나는 복제인으로 태어난 순간부터 조시 박사를 만나기까지 있었던 일을 하나씩 돌이켜보았다. 유진의 귀환이 돔 전체의 희망이라는 말에 의문이 들었다. 조시 박사의 태도에도 여전히 수긍하기 어려운 점들이 남아 있었다.

최초의 의식은 아주 작은 구멍에서 살아났다. 삐—소리와 함께 한 줄기 빛으로 던져졌다. 깜깜한 우주 공간을 가로지르는 별똥별의 꼬리처럼. 방안에 불이 켜지듯 갑자기 환해졌다. 스냅사진처럼 수많은 네모난 기억들이 한꺼번에 나타났다가 다른 기억들 뒤로 사라졌다. 벨트로 조였던 몸이 심하게 흔들렸다. 기억 재생 과정이 끝나자, 차가운 철제 침대 위에 알몸으로 누워 있었다.

눈이 저절로 떠졌다.

"안나 유진 복제 완료."

빛을 감당할 수 없어 눈을 감고 말았다. 그리고 깊은 잠에 빠져들었다.

다시 눈을 떴을 때, 침대를 둘러싼 캡슐이 해제되었다.

"당신의 이름은 무엇입니까?"

도우미 파텔라가 질문했다.

"A-N-N-A. 안나 유진입니다."

"당신은 가디아기 39년 12월 25일 사망, 유진의 실종으로 가디아기 41년 1월 3일 재탄생했습니다."

나는 조산사의 지시에 따라 천천히 몸을 일으켰다. 내 움직임이 중앙 아카이브로 전송되는 상태가 모니터에 나타났다. 머리맡에 놓아둔 옷을 입고 회복실 밖으로 나왔다. 피로가 한꺼번에 몰려왔다. 수송을 맡은 이코노 서번트가 집까지 동행했다. 우리는 그들을 이콘이라 했다.

집 주변이 변해 있었다. 낯설지는 않았다. 호수공원 주위는 숲이 좀 더 우거졌고, 도심 쪽에 공사 중이던 빌딩이 완공되었다. 수송정에서 내린 나는 평소처럼 담장을 둘러싼 붉은 장미 넝쿨을 보았다. 꽃봉오리가 막 피어나기 시작했다. 문을 열고 안으로 들어갔다. 센서가 켜지고 아트월 스크린 벽면에 지평선까지 초록빛 영상이 넘실댔다. 유진과 토스카니 여행에서 찍은 전원 풍경이었다. 발도르차 평원의 구불구불한 도로와 올리브 농장, 포도밭과 작은 마을은 잊을 수 없는 곳이다.

온기가 사라지고 정적에 쌓인 실내. 언제부터 집이 비어 있었을까? 나는 긴 여행에서 막 돌아온 것 같았다. 익숙하지만, 어딘지 모르게 조금씩은 기억과 어긋났다. 이층 계단으로 올라갔다. 유진이

고스팅

외출할 때 쓰던 모자와 제복이 옷장에 걸려 있었다. 실내용 슬리퍼는 욕실 앞 매트에 벗어둔 채였다. 샤워를 마친 유진이 금방이라도 머리를 털며 문을 열고 나올 것 같았다.

장식장 앞에 섰다. 돔으로 이주하면서 유진과 함께 쇼핑한 가구였다. 장식장에는 크리스털 조각이 가지런히 줄지어 있었다. 나는 손가락으로 유리 위를 따라 길게 선을 그었다. 유진은 호모데우스가 되고 난 후 다른 사람이 되었다. 집을 손보거나 소품을 사는 일이 없어졌다. 애정이 아닌 그의 배려에 지쳐가던 날들이 떠올랐다. 그러나 공간마다 유진의 흔적이 없는 곳은 없었다.

버저가 울리고 복지부 홀로그램이 떴다. 복제인 행동 지침이 전달됐다. 규칙 목록에 접속하기 위해 새로운 인증 코드가 생성되었다. '복제인은 자신의 호모데우스를 존경하고 순종해야 한다'는 이해할 수 없는 조항을 읽었다. 이마를 짚고 숨을 깊이 들이마셨다. 내 이름자 뒤에 유진의 이름이 붙여진 이유였다. 나는 평소 하던 대로 흔들의자로 가서 의자를 뒤로 눕혔다. 긴장을 풀고 머리를 뒤로하라는 음성이 들렸다.

"전파섹스를 시작하겠습니다."

놀라서 벌떡 일어나 허공에 뜬 버튼을 눌러댔다. 언제 이런 기능이 더해졌는지 모르겠다. 지침서 다음 페이지가 펼쳐졌다. 신인류의 품위와 관련된 내용이었다. 충동과 폭력을 금지하는 조항 가운데 원시적 성행위가 들어 있었다. 전파섹스가 허용된 지 오래라는

이언주 소설집

사실이 기억났다. 인간의 본능과 감각이 퇴화하지 않도록 유지하기 위해서였다. 가사와 노동은 이콘이 담당했다. 인공 지능을 가진 이코노 서번트가 곳곳에서 그림자처럼 움직였다. 인간은 예술이든 뭐든 감상하고 즐기기만 하면 되는 그런 존재가 되었다.

홀로그램 화면에 관리자가 나타났다. 나는 유진의 실종에 관한 질문을 했다. 관리자는 유진이 특수 업무를 수행 중이라고 짧게 말했다. 그가 언제쯤 귀환할지, 구체적인 업무에 대해서는 말하지 않았다. 홀로그램을 닫고 일어나 창문을 열었다. 앞집 정원이 내려다보였다. 선베드에 누워 있는 두아 킴이 보였다. 나는 발코니 난간을 짚고 손을 흔들었다.

"안나, 언제 왔어요?"

두아가 음악 소리를 낮추며 손짓했다.

자연인 수가 급격히 줄면서 종교가 사라졌다. 그 대신 사랑과 배려라는 '가디아 헌장'이 존재했다. 이타심이 지상에서 추구하는 최고의 아름다움이었다. 전생이든 지금이든 살아가는 일은 크게 다르지 않았다. 공동체는 혼자인 나를 세심하게 배려했다. 그러나 호데의 부재로 소외되거나 우울감에 빠지지 않도록 베푸는 친절이 때로는 감정을 불편하게 했다. 시간은 무빙워크를 타고 터널을 지나듯이 천천히 흘러갔다.

"안나 씨가 돌아오지 않아 얼마나 걱정했는지 몰라요."

고스팅

두아 킴은 진심으로 나를 위로하고 걱정했다.

"유진은 곧 돌아올 거예요. 우리 킴 의원에게 신경 좀 써달라고 부탁했어요."

두아와 나는 산책을 하며 많은 시간을 함께 보냈다. 돔의 남쪽에 있는 거리는 도시를 가로지르는 운하와 연결되어 있었다. 암녹색의 강이 흐르고 수로는 이끼에 뒤덮여 깊이를 가늠할 수 없었다. 운하 아래쪽으로 흐르는 물소리 외에는 어떤 소리도 들리지 않았다. 멀리서 다가오는 배는 마치 물 위로 들어 올려져 운반되는 것처럼 조용하게 움직였다. 지하 구조물 높이에 따라 수심이 얕은 구간에서는 배들이 예인 벨트를 따라 옮겨졌다. 우리는 수로를 가까이서 보기 위해 자주 물가까지 갔다. 그곳에서 여리게 자란 풀을 발견했다. 조경용 이식 화초가 아니라 처음 보는 식물들이었다. 폭발 이전의 상태로 지구가 조금씩 회복하고 있었다.

두아 킴은 예술 요원으로 가디아 돔에 왔다. 복제되어 재탄생하는 나이는 가족인 호모데우스의 결정에 따랐다. 가수로 전성기를 보내던 스물다섯 살에 맞추어 두 번째로 복제되었으며 현재 나와 비슷한 삼십 대 생체 나이로 생활했다. 수다스러웠지만 두아는 호모데우스 킴에 관한 이야기를 거의 하지 않았다. 킴은 소장파 의원으로 바빴고 집에 머무는 시간이 많지 않았다. 두아와 내가 함께 시간을 보낸 이유 중 하나였다.

어느 날, 나는 발코니에서 거북한 광경을 목격했다. 킴 의원이 한

이언주 소설집

손으로 데크 기둥을 붙들고 버티는 자세로 서 있었다. 그러면서 파도타기 동작을 되풀이했다. 어둑한 때여서 눈을 가늘게 뜨고 들여다보았다. 킴의 한쪽 팔이 풍선 인형처럼 늘어진 두아의 허리를 감싸고 있었다. 희게 드러난 엉덩이가 밀릴 때마다 센서 등이 켜졌다가 꺼지기를 반복했다. 처음엔 킴이 승마 연습을 하는 줄 알았다. 그러나 가늘게 뻗어 나온 두아의 팔이 벽을 잡고 있었다. 두아를 볼 때마다 그 일이 떠올랐다.

두아와 나는 교양센터에서 개설한 수중 명상 클럽에 등록했다. 수중 명상은 복제인들을 위한 프리다이빙 명상법이었다. 신청자가 많아 우리는 한 달을 기다리며 입수하는 훈련부터 받았다. 다이빙을 위해 라인에 서면 나는 언제나 검푸른 물이 두려웠다. 숨을 들이마시며 이것이 마지막 호흡일지 모른다는 생각이 들었다. 그러나 막상 잠수를 시작하면 모든 잡념이 사라졌다. 수심 80m 이상 내려가면 생각이 하나로 모였다. 폐의 크기가 평소의 10%까지 수축한 상태가 되면 두려움이 사라지고 마음이 평온해졌다. 집중 시간이 늘어나면서 밍밍하기만 하던 생활이 조금씩 활력을 찾아갔다.

프리다이빙은 유진이 가장 좋아하던 스포츠였다. 호데가 된 후에도 그는 블루 홀을 자주 찾았다. 자연인 안나는 호모데우스가 된 유진과 18년 3개월을 함께 생활했다. 그들은 여전히 블루 홀 다이빙을 즐겼다. 달라진 것이 있다면, 안나가 먼저 물 밖으로 나와 요트 위에서 유진을 기다렸다. 그가 죽음을 초월한 존재임을 알면서도 오랫동안 물 밖으로 나오지 않으면 조바심이 났다. 한참 만에 나온 유진은 "무슨 걱정이 그렇게 많아? 깊은 곳까지 들어가면, 나오는 데 오래 걸리는 게 당연한 거지."라고 말했다.

3

잠재의식을 재생하기 위하여 보안국에서 나를 몇 차례 더 소환했다. 유진과 상관없는 기억까지 찾아내는 이유가 궁금했지만, 조시 박사는 참고 자료일 뿐이라고 했다.

"아니, 이게 누구야?"

연구소 입구에서 한 노파가 알은체했다. 사라 박사였다. 돔 이전 초기 유진의 선임 연구원이던 사라가 휠체어를 타고 있었다. 그녀는 호모데우스로 선정되었으나 스스로 그 권리를 포기했다. 인간은 신이 될 수 없다며 정부의 인구 정책에 반기를 들었다. 호모데우스는 사이보그에 불과하므로 인류가 유지되도록 전통적 섹스를 권장해야 한다고 했다. 죽음이야말로 가장 신성한 신의 축복이라 주장했다. 그 때문에 일반인들과 접촉이 제한되었다.

"언제 집으로 한번 놀러 와요."

사라 박사는 눈을 한번 찡긋하고는 다른 데로 시선을 돌렸다.

박사의 집은 예전 그대로 과학원 연구동과 가까이 있었다.

이연주 소설집

"어서 와요. 늙으니까 찾아오는 사람도 없고, 정말 심심하다니까. 당신을 보는 순간 재미있는 일이 있겠구나 싶었지."

사라는 109번째 생일이 지난 지 한 달도 되지 않았다. 젊었을 때와는 달리 말이 많았고 말할 때마다 입가에 거품이 고여 수건으로 닦아냈다.

"그건 그렇고, 다시 사는 기분은 어때?"

그녀의 질문에 나는 어색해지지 않으려 애써 웃어 보였다.

"보안국에서 왜 그렇게 유진에게 집착하는지 모르겠단 말이야. 당신은 오리진의 기억을 얼마나 받은 거야?"

사라 박사는 숨도 쉬지 않고 궁금한 것들을 쏟아냈다. 조시 박사가 가디언의 집단 희망을 내세우며 유진을 찾는 다른 이유가 있을 거라고 말했다. 그녀는 내게 '그 불행한 사건'을 알고 있는지 물었다. 나는 고개를 저었다. 박사가 내 표정을 유심히 살피는 듯했다. 사라는 더 이상 말하지 않았다.

"나는 아주 심심한 사람이니까 자주 놀러 와요."

현관 앞까지 배웅을 나온 그녀는 주위를 둘러보면서 작은 소리로 말했다. 뇌과학자 유진의 실종에는 세상에 알려지지 않은 다른 이유가 있을 거라고. 그녀 역시 음모론을 믿는 한 사람 같았다.

나는 사라 박사의 집에서 나와 무작정 길을 따라 걸었다. 인공달이 뜨기 전이라 공원은 희미한 어둠에 싸여 있었다. 울창한 사이프러스 나무 사이로 타워의 불빛이 섬뜩하게 보였다가 사라졌다.

네트워크에서 유진과 안나에 관한 자료를 찾았다. 믿을 만한 기사는 없었고, 대부분 소설처럼 각색된 가짜뉴스였다. 유진이 안나에게 불법적으로 수술을 했으며, 호모데우스가 자연인을 실험 도구로 사용했다는 것이다. 도살이라는 주장과 보건국에서 발표한 대로 폐렴으로 사망했다는 설전이 있었다.

집으로 돌아온 나는 검색창에 사라 박사를 입력했다. 중앙 과학원을 설립한 핵심 인물로 본인의 의사에 따라 법원에서 자연사 인증을 받았다고 했다. 현재 판단 장애가 있으므로 교류 시에는 주의 요망이라는 경고가 떴다.

한동안 나는 집에 머물렀다. 벽면 스크린에는 해변의 잔잔한 파도가 조약돌을 씻어냈다. 스크린을 증강현실 상태로 전환했다. 발가까이 끝없이 잔잔한 파도가 밀려왔다. 손을 뻗자 오래된 이미지 목록이 떴다. 코타키나발루 해변의 휴가를 클릭했다. 유진과 함께 야자수 그늘 벤치에 누웠다. 그가 몸을 돌려 키스했다. 자연인 부부의 감각이 되살아났다.

유진은 삶의 원동력이 이 순간의 행복에서 나온다고 믿는 사람이었다. 좋아하는 것을 열심히 하는 사람이었다. 구릿빛으로 그을린 피부와 눈빛 때문에 그를 모르는 사람들은 스포츠 인으로 오해할 정도였다. 그러나 돔으로 이주한 후 현실은 최악이었다. 유진은 마흔아홉 되던 해 연구소에서 과로로 쓰러졌다. 다행히 뇌사 직전에 발견되어 뇌가 분리되었다. 형상 기억 재생 신체와 결합하여

이언주 소설집

호모데우스로 거듭났다.

  명상원에서 두아가 정신을 잃었다는 연락이 왔다. 초급 과정의 두아와 나는 딥다이브 교육을 받지 않은 상태였다. 지도자 동행 없이 블루 홀 깊이까지 내려가는 것은 규칙 위반이었다. 두아는 명상 규정을 어기고, 수심 100m까지 내려갔다. 목숨은 구했지만, 블루 홀 입수가 금지되었다. 병원으로 찾아갔을 때 그녀는 보고 싶지 않으니 돌아가라고 소리 질렀다. 간병인은 두아가 흥분한 상태라며 개의치 말라고 했다. 등 뒤에서 싸늘한 두아의 목소리가 날아와 꽂혔다.

  "나는 안나 씨가 소멸을 선택할까 봐 늘 걱정했어요. 나 같으면 호데 없이 아무렇지 않은 듯이 그렇게 살지는 못했을 거예요."

  두아가 하는 말을 나는 이해할 수 없었다. 배신감으로 온몸이 떨렸다. 그동안 우리는 좋은 관계를 유지하고 있었다. 우리는 외로운 사람들이라 서로에게 위안이 되었다. 두아가 언제나 먼저 다가와 고마웠다. 그런데 기껏 동정이라니.

  두아가 들쑤신 자리는 시간이 지나도 가라앉지 않았다. 언젠가 두아가 했던 말을 되씹었다. 살다가 뭘 잃어버리는 것보다는 차라리 처음부터 없는 게 덜 고통스럽다고. 얼마 후 사과의 디엠을 보냈지만 읽지 않았다. 그녀와 마주치기 싫어서 명상 강의도 그만두었다.

고스팅

나는 다시 사라 박사를 찾아갔다. 두아의 이야기를 나누고 싶었다. 지난번 만났을 때와 달리 그녀는 차가운 표정으로 맞았다. 그 사이 병이 깊어진 듯했다. 자연사를 고집하는 그녀의 선택이 안타까웠다. 우울한 기분이 더 울적해졌다. 일어나려는데 이콘이 스낵을 가지고 나왔다. 사라는 휠체어를 서가가 있는 쪽으로 움직였다. 멈춰 선 그녀가 나를 그쪽으로 오라고 손짓했다. 발끝 가까이 책을 손으로 가리켰다. 오랜만에 종이책의 감촉을 느꼈다. 책갈피에는 필름지에 인쇄된 사진이 끼워져 있었다. 머리에서 어깨까지 수술 도중에 찍힌 사진이었다.

"혹시 기억나는 게 있나 해서?"

나는 처음 보는 사진이었다.

"이게 무슨 뜻일 거 같아? 누군가의 머리뼈를 열었어. 과학원에서 우리가 수술하던 방이 아니야. 오리진 안나가 큰 수술한 적이 있었나요?"

나는 곧장 고개를 저었다.

"지금 안나 씨에게 그런 흔적도 없어요?"

"이해할 수 없는 일이야."

그때 쉭, 하고 갑자기 문이 열리는 바람에 나는 딸꾹질이 났다.

"걱정하지 말아요. 나를 보살피는 서번트야. 내가 장난을 좀 쳤지. 쟤는 내 편이야."

이언주 소설집

그녀가 장난스럽게 웃었다.

"나쁜 놈들. 머지않아 그것들은 복제인을 멋대로 소멸시키고 기억도 없는 다른 인간으로 만들어 낼 거야. 그러니 우리가 이콘들과 다를 게 뭐람."

그 순간 나는 두아가 떠올랐다. 아니 걱정이 되었다. 가디아 체제가 안정되면서 이혼이라는 제도는 서서히 사라졌다. 나는 손바닥으로 가슴을 누르고 숨을 몰아쉬었다.

어느 날 두아의 집에서 소동이 벌어졌다. 그녀가 킴 의원에게 상해를 입힌 것이다. 킴 의원은 두아 외에도 여러 명의 복제인간과 관계하고 살았다. 그가 집에 있는 날이면, 나약하고 어리석은 복제인간이라 소리치는 목소리가 정원을 건너왔다. 그는 예술인의 삶을 고집하는 두아를 인정하지 않았다.

두아는 자신의 선택에 따라 영구 소멸하였다.

하루 종일 기다려도 찾아올 사람 없는 지루함이 나를 괴롭혔다. 킴 의원의 야만적인 학대를 신고하지 못한 자신과 병문안을 다녀온 후로 그녀를 밀어낸 일을 후회했다.

조시 박사를 만나고 오던 날 나는 고열로 쓰러졌다. 며칠을 앓으며 인후가 헐었다. 온몸을 찢는 듯한 기침은 알레르기 천식을 앓던 자연인 안나의 영향이었다. 아침마다 진료를 위해 의사가 다녀갔다. 닥터 창은 건조한 잎사귀처럼 바싹 마른 입술을 젖은 수건으로 덮어주었다. 갈라진 입술 위에 얹힌 수건은 뜨겁게 달아오른 팬에 떨어뜨린 얼음처럼 느껴졌다. 그러나 조금 있으면 숨쉬기가 편해졌다. 두아가 있었더라면 밤새 옆을 지켰을 것이다.

고열로 의식과 무의식 사이를 넘나들며 어린 시절이 떠올랐다. 유진은 고등학교 졸업 파티에서 처음 만났다. 내게 드레스 입은 모습이 아름답다고 말해주었다. 하지만 청바지도 잘 어울린다고 웃었다. 남자 친구와 헤어져서 우울한 나를 위로하며 가까워졌다. 유쾌한 그는 내게 세상 전부였다. 유진이 돌아오지 않는 이유를 자연인 안나는 알고 있을 것만 같았다.

나는 집 어딘가 있을지도 모를 실험실을 찾았다. 그러나 비밀 실험실을 찾아내지는 못했다. 유진의 서재 버튼을 눌렀다. 문이 열리는 동안 금속 벽면에 비친 내 모습을 물끄러미 바라보았다. 흰 머리카락이 드러났다. 공기 속에서 유진의 웜 코튼 비누 향이 미미하게 떠다녔다. 다음에 복제된 나도 이 자리에 서서 나와 똑같은 감정을 가질 거였다.

천정까지 닿은 책장과 바로크풍의 가구들이 자리를 차지했다. 한때 불었던 레트로 열풍이 기억났다. 실크 벽지는 색이 바래 가장자리가 들떴고, 수정 샹들리에는 빛을 잃어 볼품없는 유리 조각처럼 매달려 있었다. 나는 방 한가운데 있는 책상 앞으로 다가가 의자를 당겼다. 쇠 긁는 소리가 났다.

이언주 소설집

손을 짚었던 책상 위로 쓸린 자국이 드러났다. 주인이 떠난 뒤 시간이 멈춘 사물들은 여전히 잠에서 깨어나지 못했다. 한쪽 구석엔 정리되지 않은 책 무더기가 어지럽게 쌓여 있었다. 오래된 의학 서적이었다. 손가락으로 위에서 아래로 훑어 내려갔다. 두꺼운 책 사이에 제목 없는 얇은 책 하나가 끼어 있었다. 표지를 넘기는 순간 손끝이 떨렸다. 수기로 작성한 유진의 일기였다. 오래전 실종 사건 전담반에서 서재를 수색하러 왔었다. 수사에 도움이 될 만한 것들을 모두 가지고 갔지만, 용케 남은 것이었다. 가디아기 날짜와 지구 날짜가 섞여 작성된 일기는 한 장씩 넘길 때마다 흑연 가루가 손끝에 묻어났다. 일기가 탐지기에 발견되지 않았던 이유가 비활성 탄화 잉크로 종이 재질에 기록했기 때문이었다.

그의 필체를 마주하는 순간 가슴이 뭉클했다. 지구의 종말이 없었더라면, 그는 지금쯤 작가가 되어 있을 거라고 종종 말했다. 신혼 초 어느 날이 떠올랐다. 손으로 글을 쓰는 모습이 너무 신기했다. 내가 보려 하자 유진은 손바닥으로 가리며 보여주지 않으려 했다. 나는 그의 일기를 빼앗아 거실로 뛰어나왔다. 노트 한 권을 두고 서로 뺏으려고 우리는 소파 위를 뒹굴었다. 내가 일기를 읽지는 않았던 것 같다.

잠재의식 속에 묻힌 생각들이 덩굴처럼 끌려 나왔다. 그의 일기는 자연인 안나의 병세가 나빠진 후의 일들이 적혀 있었다. 나는 일기를 읽어 내려갔다.

「안나에게 외출을 자제하라고 했다. 자연인들에게 원인을 알 수 없는 전염병이 나타났다. 호흡기로 유입된 바이러스가 폐를 비정상적으로 활성화하고 뇌가 부풀었다. 큰일이다.

어떤 의미로든 돔은 지구가 가진 마지막 인큐베이터로 보존되어야 한다.

안나가 사고 난 고양이 새끼를 주워 왔다. 얼룩무늬 고양이는 눈알이 터지고 상처가 심했다. 나는 건강한 애완동물로 입양하는 게 어떻겠느냐고 말했다.」

유진과 나는 파티 준비를 위해 쇼핑몰로 가는 길이었다. 집 근처에서 순찰차가 갑자기 방향을 틀어 고양이를 치고 지나갔다. 그대로 두었다가는 환경미화 이콘이 지나갈 때까지 고통스럽게 죽어갔을 것이다. 나는 고양이를 안고 집으로 데려가 치료했다. 유진은 언제 죽을지 모르니까 이름을 짓지 못하게 했다. 그래서 그냥 "고양"이라고 불렀다. 기특하게도 고양이는 빠르게 회복했다. 사고로 시력을 잃은 고양이가 전적으로 나를 의지하고 몸을 맡겼다. 다리에 몸을 비비고, 무릎 위에 올라와 배를 드러내며 갸릉거렸다.

「고양은 밤이 되면 소리 없이 내 물건들을 밟고 돌아다닌다. 안나에게 고양이 돌아다니지 못하도록 했다. 안나가 울면서 소리를

이연주 소설집

질렀다. 뭐가 문제인지 모르겠다. 여자들은 너무 복잡하다.」

유진이 고양이를 불편해할 줄 몰랐다. 미리 말했더라면 좋았을 텐데…….

「지역사회가 바이러스로 집단 패닉 상태에 빠졌다. 안나는 내가 관심을 보이지 않자, 미간을 구기면서 화상을 띄워 보였다. 격리실 험실에서 분리한 뇌를 진공 압축실에 넣어 분쇄하는 영상이었다. 자료는 과학자 중 누군가가 외부에 유출한 것이라고 했다. 안나의 공포가 이만저만 아니다.

하필이면 이런 때 고양이가 죽었다. 죽은 고양이는 살아 있을 때보다 무게가 더 나갔다. 말을 잃고 앉아 있는 안나의 눈이 어두운 우물 같았다. 애완동물 관리국에 복제를 신청했다. 안나가 불같이 화를 내 취소했다. 빗줄기처럼 눈물을 쏟아냈다. 눈물은 참으로 신기한 액체다. 좀 더 그녀를 이해하고 싶다.」

다음 페이지부터는 내가 기억하지 못하는 일들이었다. 나는 몇 번이고 다시 읽어 내려갔다.

「안나는 머리가 아프다고 했다. 상태가 일반 호흡기 증상과는 달랐다. 보건 당국에 신고하는 순간 환자는 사회와 격리될 것이다.

고스팅

치료보다는 복제가 안전하고 쉽다.

안나의 눈에 초점이 사라졌다. 나는 그녀의 손을 잡고 곧 좋아지게 될 거라고 안심시켰다. 촛불을 불어 끈 것처럼 잠시 숨이 멈추었다가 이어졌다. 긴 시간이 아니었는데 그 순간을 견딜 수 없었다.

태양이 가열되고 4시간 35분 후 소나기가 내렸다.

공기연구소 정화조에 이상이 확인됐다. 아직도 돔 외부는 공기 속에 아르곤 가스의 비율이 정상보다 3배나 높다. 공기연구소는 돔 내부로 유입된 공기 중에 포함된 유해 가스를 분리하고, 공조기를 통해 정화한 공기를 내보내는 일을 한다. 감염 원인을 찾아낸 셈이다. 오후에 공기연구소 소장이 찾아왔다. 공기 속 불순물이 뇌에 미치는 영향에 대한 자문을 구했다. 이런 사실을 보건 당국에 알렸다. 무슨 이유인지 한밤중에 찾아온 과학원 관리자는 내게 함구를 요구했다.

안나의 상태는 호전되지 않았다. 내 손으로 수백 명의 호모데우스를 만들었다. 그런데 가족에게는 손을 댈 수가 없다. 자연 상태에서 인간이라면……. 잠시라도 돔을 떠날 수 있다면 좋을 텐데. 불가능한 일이다. 호데는 개체마다 중앙의 본체로부터 데이터를 받고 있다. 아이디 칩이 이상 신호를 전달하면 몇 나노세컨드 내에 싱크 탱크 아카이브에 기록된다. 내가 설계한 것들이다. 오류가 있

이언주 소설집

을 리 없었다.」

기록은 여기서 끝났다. 발병 이후의 기억은 내게 없다. 아마도 유진이 내린 결정이 영향을 미친 듯하다.

4

"당신의 이름은 무엇입니까?"
처음 눈을 떴을 때 조산사가 물었던 말이다.
A-N-N-A, 스펠링 앞뒤가 같아서 어떻게 말해도 안나였다. 유진을 찾아내는 일이 내 사라진 기억 일부를 찾는 일이었다. 이 문제를 도와줄 사람을 곰곰이 생각했다. 사라 박사뿐이었다. 저절로 한숨이 나왔다. 사라를 찾아가는 일은 누가 봐도 비현실적이었다. 그러나 다른 방법이 없었다.

"어서 와요."
사라 박사는 나를 향해 검지를 세우고 입술을 가만히 눌렀다.
"놈들이 내 이콘을 데려가 버렸어."
나는 사라 박사의 휠체어를 밀고 조용히 운하 쪽으로 움직였다. 조깅하는 여자가 옆을 지나갔다. 두아였다. 반갑게 손을 흔들었지만, 여자는 나를 알아보지 못했다.

고스팅

"저 여자가 나의 어두운 미래일지도 모르겠네."

혼잣말을 중얼거리며 사라 박사의 표정이 어두워졌다.

"인간에게는 스스로 소멸할 권리가 있어야 해. 내가 나로서 의지를 가지지 못하고 누군가의 목적을 위해 사는 걸 용납할 수 없어. 그들은 어떻게든 나를 다시 만들겠지만, 절대로 동의할 수 없어요."

감정이 격해진 그녀가 몸을 부르르 떨었다.

"사람이 오래 살다 보면 저절로 아는 힘이 생기지. 안 그래? 그동안 세상이 망할 거로 생각한 적이 어디 한두 번이었겠어. 그런데 절대로 망하지 않아. 어떡하든 굴러간다고."

그녀는 나를 올려다보며 말했다. 나는 이유도 없이 얼굴이 붉어졌다.

"다른 뜻은 없어요."

사라 박사가 쓸쓸하게 웃었다. 그녀는 말하는 동안 반말과 높임말을 섞었다. 그건 자연인 안나와의 친근한 관계와 복제된 나 사이의 불편함을 의미했다.

"이제 세상이 완전해졌다고 하잖아요. 지구가 회복되면 돔 밖으로 돌아갈 거라고. 현실은 그렇지 않아. 의회 놈들 말처럼 여길 떠나는 일은 없을 거야. 나는 돔에서 일어나는 일을 수도 없이 봐왔으니까…… 죽음은 죽음일 뿐이야. 죽어야 끝이 나지. 안 그래요?"

호데가 되기를 거부한 박사다운 말이었다. 나는 그녀가 유진에 관해 어디까지 알고 있는지 궁금했다. 무엇부터 물어야 좋을지 망설였다.

"난 변종은 다 싫어. 도무지 마음이 가질 않거든. 그런데 유진은 뭔가 달랐어."

"어떻게요?"

"한번은 유진이 고양이 때문에 상담을 좀 하고 싶다고 하더라고."

손을 모으고 있던 사라는 검지를 서로 부딪치면서 회상에 잠긴 듯 말했다.

나는 불쌍한 눈먼 고양이를 생각하며 머리를 끄덕였다. 가디아기 35년 어느 날로 기억한다. 유진을 마주 보고 서면 벽 앞에 서 있는 기분이었다. 그가 호데라는 걸 인정하면서도 여전히 예전의 감정이 남아 있었다. 고양이는 불안을 가진 내게 온몸을 맡기고 안겼다. 유진은 내가 사라져도 곧장 또 다른 나를 복제할 것이다.

사라 박사의 목소리에 나는 기억에서 빠져나왔다.

"마지막까지 남는 건 사람의 마음뿐이야. 호데나 복제인 그 속에 뭐가 들었는지 정확히 알 수야 없지만, 사람은 사람의 마음을 믿고 사는 거야. 유진이 와서 그러더라고, 안나가 장애가 심한 고양이를 키우게 됐다고. 그냥 복제하는 게 나을 거라고 해도 고집을 부린다고 말이야. 얼마 지나지 않아 안나가 그 고양이를 안고 나를 만나러 온 적이 있었어. 보니까 멀쩡하데. 상처도 웬만큼 아물었고.

안나는 유진이 걱정이라고 말했어. 의미 없이 시간에 갇혀 사는 유진이 안타까워 죽겠다고. 그때 내가 뭐라고 한 줄 알아요? 안나, 당신 걱정이나 하라고 말했지."

사라 박사가 소리 내 웃었다. 그녀는 내게 불완전한 인간이 신이 된 사나이를 걱정하는 게 좀 웃기지 않느냐고 했다. 틀린 말은 아니지만, 그렇다고 유쾌한 소리는 아니었다.

"그때 안나가 내 손을 꼭 잡더라고. 유진이 보기엔 우리가 구차해 보일 수도 있을 거라고. 유한한 존재들이 가지는 간절함이 우습겠지. 안 그래요? 그렇다고 사는 데 꼭 이유가 있어야 하는 건 아니잖아. 인간이니까 할 수 있는 말이었어. 감동이었지. 아무도 함부로 못 하는 말을 그렇게 하는 거야. 고통스러운 삶일수록 그 삶이 가진 반짝이는 것이 따로 있다고. 유진이 한 번만이라도 진짜 감정을 느꼈으면 좋겠다고 한숨을 쉬더라고. 가족이란 게 그런 거 아닌가?"

나는 고개를 끄덕였다.

"돔 연대로 삼십몇 년도쯤에 바이러스가 돈 적이 있었어. 기억할지 모르겠네. 당시 기록이 삭제되어 지금은 아무것도 남아 있지 않을 거야. 복제인에게는 감기처럼 지나가는데 자연인에겐 치명적이었거든. 의회는 사람들이 감염되기 전에 복제를 추진했어. 백신의 일종이라 생각한 거지. 바이러스에 감염된 뇌를 빠르게 회수한다고 했어."

이언주 소설집

"회수한 뇌는 어떻게 되었나요?"

"감염 속도를 늦추기 위해 급속으로 냉각 처리한다는 말이 있었어. 우리 쪽과는 상관없는 일이어서 자세한 것은 나도 잘 몰라. 세상이 완전히 패닉 상태로 빠져들었지. 생각해 봐, 여기 돔에 사는 가디언들은 지구의 종말을 경험한 사람들이야. 게다가 선택받은 인류라는 자부심에 사로잡혀 있었고. 한마디로 난리가 난 거지. 사람들은 홀로그램 네트워크로 모여들었어. 호테와 복제인 사이에 가로막힌 장벽이 금방이라도 무너질 것 같더라고. 가짜 정보만 커지고, 구체적으로 변한 소문 때문에 난리가 났어. 싱크 탱크에서 본격적으로 사람들의 뇌인지 공간을 통제하기 시작했지. 인지 공간에서 인간들이 사용하던 인문학적 단어들이 하나둘 사라졌어요. 존재나 사유 같은 단어가 처음 사라졌을 때는 아무도 알아채지 못했지. 인간의 기원을 연구하는 모임에서 이상하다는 걸 찾아냈어. 네트워커 가운데 오래된 사전을 소장하고 있는 이들이 있었거든. 사라진 단어를 찾아내더라고. 새로운 관심거리가 생기자 많은 네트워크 수사대가 몰려들고. 관리자들은 방역보다는 불온 세력을 찾는 일에 열을 올리고, 사회가 동요했어요. 어떤 사람들은 스포츠 중계하듯이 정보를 퍼 나르고. 네트워크는 차단되면 곧바로 새로운 라인이 생성돼 걷잡을 수 없이 종말론이 퍼져나갔지."

그다음엔 어떻게 되었는지 사라에게 물었다.

"어느 날 유진이 와서 말없이 한숨을 쉬더라고. 나는 직감했지.

이런 기억이 없다면, 말하기 곤란하긴 하네. 다행스럽게도 유진이 당신을 데리고 떠나고 싶다고 하더군. 그래서 트라이엄프가에 있다는 브로커를 찾아가게 된 거야. 어떤 상황에서도 영혼을 파괴할 권리가 누구에게도 없으니까."

"거긴 폐기물 처리 구역 아니에요?"

"그렇지. 돔에서 외부로 통하는 유일한 출구가 그곳에 있으니까. 게다가 돔이 안정적으로 운영된 후로는 생체 식별기를 꺼두었다는 말이 있었어. 복제 고양이나 강아지가 쓰레기와 휩쓸려 나가면서 수시로 버저가 울렸으니까. 돔을 빠져나가면 멀지 않은 곳에 쓰레기 섬이 있고, 그곳에서 안전한 곳까지 데려다줄 이동선이 기다리고 있을 거라고 했어요."

그런 일을 하는 브로커가 있다는 사실이 신기했다.

"그런데 유진은 왜 혼자 떠났을까요?"

내가 다시 물었다.

"유진은 그때…… 안나를 끝까지 지킨 거예요."

나는 이해할 수 없다는 듯이 사라 박사를 바라보았다.

"당신 머릿속에 병이 번지던 기억이 없어요?"

사라 박사의 얼굴에 당황한 기색이 번졌다.

"역시, 내 짐작이 맞았어."

말을 끊고 잠시 망설이는 듯하던 그녀가 결심한 듯 말했다.

"안나. 내 말 서운하게 듣지 말아요. 유진이 어디로 떠났는지는 중요하지 않아. 그들은 서로 사랑했고 아무도 그 사랑을 대신할 수 없었던 거지."

사라 박사는 더 이상 말하기 힘들어 보였다. 나는 유진이 돌아올지도 모른다는 비밀을 털어놓았다. 사라는 둥글게 굽은 등을 세우며 내 손을 잡아당겼다. 나는 무릎을 꿇고 그녀에게 가까이 다가갔다.

"권력에 붙은 그 누구도 믿어서는 안 돼요."

그녀가 고개를 가로저으며 말했다.

사라 박사는 말을 잇지 못하고 거친 숨을 내뱉었다.

"안나 당신은 돔이 뭐라고 생각해요? 당신도 돔 바깥에 아무것도 없을 줄 알고 있잖아. 예전에 행성이 지구와 충돌할 것을 걱정할 때만 해도 나 역시 지구 멸망을 믿은 사람 중 하나였어. 하지만 지구는 멸망하지 않았지. 완전히 박살 나지 않는 이상, 스스로 자정능력을 가지고 있어. 바깥세상은 지금쯤 본래의 자연으로 되돌아가 있을 거야."

5

나는 다시 명상원에 나가기 시작했다. 사라 박사는 지난주 폐렴으로 사망했다. 가디아의 마지막 폐렴 환자였다. 아주 가끔 두아가 떠오르기도 했다.

고스팅

물 깊은 곳에서 숨을 참고 견디면 어깨 아래로 감각이 없어진다. 때때로 발을 휘저으면 몸이 적당히 가라앉는다. 머릿속으로 바다 위에 둥둥 떠오르는 불빛을 바라보았다. 시시각각 색이 변하는 불빛에 시선을 맞춘다. '무슨 걱정이 그렇게 많아. 깊은 곳까지 들어가면, 나오는 데 오래 걸리는 게 당연한 거지.' 언젠가 블루 홀에서 유진이 한 말이 귓가에 맴돌았다.

안나와 안나인 나 사이에 유진이 있다.

나는 누구인가?

오래전 끝이 난 안나 삶의 연장선 위에 있는 나는 누구란 말인가. 비록 시작은 그녀였을지라도, 나는 다른 시간을 살아간다. 그녀의 그림자가 아니다. 안나를 부정하려는 것이 아니다. 그녀는 과거의 자신일 뿐. 세상에 던져진 나는 나로 살아간다. 흘러가는 시간 속에서 다른 선택을 한다. 오히려 자연인 안나가 내 몸에 깃들어 살아간다. 안나는 내게 과거의 일기장이고 유진의 책장에 꽂혀 있는 '세월의 책'이다. 이제 겨우 나는 두 사람 사이에서 고립되어 있던 나를 깨달았다.

어쩌면 유진이 사라진 이유를 어렴풋이 알 것도 같았다.

잃어버린 것이 무엇인지 모르고 있다가 뒤늦게 깨달은 기분이랄까. 유진에게 나는 장미도 뭣도 아니다. 유리컵에 담긴 막대처럼 물 아래 꺾여 보이는 굴절된 모습일 뿐. 유진의 배반을 견디기 싫어서 그의 일기를 없애기로 했다. 어차피 살아가야 하는 쪽은 나니까.

이연주 소설집

싱크탱크 홀로그램에 접속했다. 이쪽을 향해 바라보는 유진이 지쳐 보였다.

그때 홀로그램 화면에 새로운 메신저가 끼어들었다. 조시 박사였다.

"관찰 카메라에 잡힌 생물체는 호테 유진이 아닌 걸로 결론 났습니다!"

소름 끼치도록 섬뜩하고 불쾌한 목소리였다.

"그게 뭘 의미하는 거죠?"

나의 물음에 관리자는 어깨를 으쓱해 보이고, 화상통화가 끊어졌다.

유진은 다시 돌아올 수 없을 것이다. 푸르고 깊은 밀림 속에서 영원히 머물 것이다. 홀로그램이 사라진 공간은 고요했다. (*)

조드

1

서쪽 능선으로 붉은 노을이 부챗살처럼 퍼지기 시작했다. 준석은 나침반을 보고 지평선을 향해 페달을 밟았다. GPS는 제대로 작동하지 않았다. 몇 시간이나 달려도 목적지에 도착하면 유목민이 떠나고 남은 게르 터만 있을 뿐이었다. 황무지에는 방목하는 야크 떼가 듬성듬성 눈에 띄었다. 해 지기 전에 민가를 찾지 못한다면 극기 훈련 대원들은 꼼짝없이 비바크할 형편이었다.

준석 일행은 어워 앞에서 산악자전거를 멈추었다. 몽골에서 어워는 서낭당 같은 곳이다. 김 대리가 돌멩이를 주워 어워에 올렸다.

그때 어디선가 희미하게 개 짖는 소리가 들려왔다. 이쪽으로 말을 타고 달려오는 사람이 보였다.

"개 짖는 소리가 반갑기는 또 처음이네."

준석이 고글을 벗고 주위를 살폈다.

황무지 저 끝에서 먼지구름을 몰고 달려온 남자가 말을 세웠다. 구릿빛 얼굴의 남자가 개를 진정시켰다. 곧이어 열 살 남짓한 남자아이가 말을 멈추었다. 아이는 말에서 내리지 않고 낯선 사람들을 흘깃 쳐다보았다.

남자가 어워에 돌멩이를 쌓고 천천히 그 주위를 돌았다. 그는 의식을 마친 후 준석 일행에게 다가와 어디로 가는 길인지 물었다. 통역인 김 대리가 차강소브라가로 가는 길이라고 대답했다.

"여기서 얼마나 더 가야 할까요?"

"차강소브라가 말씀입니까?"

남자가 믿을 수 없다는 듯이 되물었다.

"방향을 잘못 잡은 모양인데…… 차강소브라가는 남서쪽으로 말로 한나절 달려야 합니다."

그는 말의 목덜미를 손바닥으로 툭툭 쳤다.

대원들은 달란자드가드에서 출발하여 차강소브라가로 가는 길이었다. 바양작에서 간단한 점심을 먹은 후 준석이 선두로 나서 달렸다. 그러나 길을 놓치는 바람에 몇 시간 헤맨 것도 모자라 방향이 틀어진 것이었다. 지평선만 보고 달린 결과였다.

조드

남자는 북동쪽 18km 떨어진 곳에 여행자를 위한 게르 촌이 있다고 했다. 대원들은 잠시 망설였다. 이정표조차 없는 길이라 무턱대고 출발하기에는 너무 멀었다. 두 시간 전에 도로변 주유소를 지나온 기억이 났다. 관광객을 태운 승합차가 주차되어 있었다. 그들은 왔던 길을 되돌아가기로 했다.

어워를 출발한 지 5분도 지나지 않아 남자가 뒤따라왔다.

"오늘은 그믐이라 밤이 위험합니다. 늑대들의 시간이에요……."

자신을 바야르라고 소개한 남자는 자기 집에서 오늘 밤을 묵는 게 좋을 거라고 말했다. 노을을 등진 남자의 얼굴이 붉게 물들어 있었다.

"우리 집으로 가시죠. 3킬로 정도 얕은 언덕을 넘어가면 게르가 나올 겁니다."

사내는 오른쪽에 나란히 선 게르 두 동이 자기 집이라고 했다. 김 대리가 주머니에서 지도를 꺼내 보였다. 사내는 손가락으로 위치를 짚어 보이며 손으로 방향을 재차 확인해 주었다. 자신은 더 늦기 전에 초원에 풀어놓은 말을 몰러 가야 한다며 팔꿈치로 어깨에 걸친 총의 개머리판을 툭툭 쳤다.

아이를 앞세운 남자가 흙먼지 속으로 사라졌다.

준석 일행은 바야르가 가리킨 게르가 있는 쪽으로 방향을 바꾸었다.

준석의 회사는 울란바토르에 법인을 둔 한국 건설사였다. 창업주의 장남이 대표이사로 취임했다. 초심을 내세우며 10년 만에 극기 훈련 프로그램을 부활시켰다. 사내 게시판 대나무 소리에는 '시대착오적 발상'이라는 불만이 우후죽순처럼 올라왔다.

「산악자전거가 웬 말.」

「GPS를 장착한 독수리나 말을 지원하지.」

비꼬는 댓글이 줄을 이었다.

그런다고 뜻을 꺾을 CEO도 아니었다. 6박 7일 동안 초원에서 사막까지 산악자전거 횡단을 설계한 이유는 간단했다. 그룹 차원의 홍보 영상을 찍겠다는 거였다. 본사 홍보부에 있는 동기는 그룹 자회사인 여행사 자료조사를 위해 해외에 둔 지사들을 우려먹는 거라고 했다.

몽골 현지 법인에서는 경영지원 팀장인 상우가 훈련 참가자로 내정돼 있었다. 사정이 생겨 준석이 대신 가게 되었다.

구릉 너머로 게르가 나타났다. 선두에 선 김 대리가 잠시 멈추었다.

"이거, 현지인 영업에 낚인 거 아니야?"

대원 중에 한 사람이 수상한 냄새가 난다며 했다.

"달리 방법이 없어요. 오늘 밤은 바깥에서 못 잔다잖아요. 따블이 아니라 따따블이라도 재워만 준다면 가 봐야죠."

김 대리가 퉁명스럽게 말을 받았다. 사실이 그렇더라도 달리 대안이 없었으므로 그들은 게르를 향해 출발했다. 시야에 들어오는 거리였지만 자전거로는 한참 달려야 했다.

게르 옆 축사에서 노파가 물통을 채우고 있었다. 자전거를 세운 김 대리가 다가갔다. 노파는 양동이를 내려놓고 눈을 가늘게 뜬 채 준석 일행을 훑어보았다. 김 대리는 바야르의 집이 어느 쪽이냐고 물었다. 노인은 자기 아들이 바야르라며 게르를 가리켰다. 네다섯 살로 보이는 사내아이가 대원들을 보고 문 뒤로 가서 숨었다. 김 대리가 바야르의 말을 전했다. 아들의 손님은 곧 자기 손님이라며 노인이 환영의 의미로 김 대리를 안고 얼굴에 뺨을 대고 인사했다.

"딱 모자 상봉인데요."

몇 발짝 뒤에 서 있던 준석이 웃으며 말했다. 다른 이들도 누가 봐도 그렇다며 거들었다. 대원들이 소리 내 웃는 바람에 영문도 모른 채 노파가 따라 웃었다. 건장한 체격에 검게 얼굴이 그을린 김 대리가 현지인과 크게 다르지 않아 보였다. 회사 로고가 분명한 아우터만 아니었다면 그냥 이곳 사람으로 여겼을 것이다. 김 대리는 대원들을 돌아보며 언젠가 다시 만날 날을 위해서 한쪽 뺨은 남겨 두는 거라고 나머지 뺨을 손가락으로 짚었다.

게르는 삼 대가 함께 생활하는 공간이었다. 입구 맞은편 벽 한가운데는 천정에서 바닥까지 닿는 부처님 족자가 걸려 있고, 그 옆으로 초원을 배경으로 한 가족의 액자가 있었다. 반닫이 장 위에는 브라운관 텔레비전에서 나담 축제가 방영되고 있었다. 무심코 한 대원이 방 가운데 있는 기둥 사이로 발을 내밀었다. 옆에 있던 바

　　　　　　　　　　　　　이연주 소설집

야르의 노모가 그의 팔을 잡았다. 게르를 받치는 두 기둥은 그 집 부부를 의미하며 그 집의 아내와 남편만 드나드는 곳이라고 했다.

잠시 후 바야르가 돌아왔다. 족자 앞에서 예를 올린 그는 준석 일행과 돌아가며 악수를 청했다. 손아귀 힘이 대단했다. 잠깐이었는데도 준석은 손이 얼얼했다. 바야르의 아내인 자르갈이 주전자에 든 아이락을 내왔다. 말의 젖으로 만든 술이었다. 그녀는 예고 없이 맞은 손님인데도 불편한 내색을 하지 않았다. 시어머니와 양고기 육수를 내고 분주하게 저녁을 준비했다. 작은 홍두깨로 국수 반죽을 미는 얼굴에 그늘이 없어 보였다. 허기진 대원들의 시선이 그녀를 따라다녔다. 아내가 식사 준비하는 동안 바야르는 아기를 무릎에 앉히고 젖병을 물렸다.

노모는 육포를 꺼내 절구에 빻았다. 김 대리가 줄에 걸린 고기를 쳐다보며 노파에게 얼마나 오래 말린 것인지 물었다. 노모는 겨울을 날 양식이라고 친절하게 설명했다. 이곳에서는 유월에서 시월까지 다섯 달을 뺀 나머지는 겨울이고, 양이 새끼를 낳고 젖을 짤 수 있는 5월이 되어야 겨울이 끝난다고 말했다. 노인의 방언이 심해 바야르가 설명하고 김 대리가 다시 통역했다.

이곳에서는 겨울을 나는 것이 한 해를 보내는 일인 모양이었다. 가축은 새끼를 낳아 기르고, 우유를 짜서 유제품을 만들고 육포를 말리는 일이 자연의 섭리였다. 그래서 겨울이 가면 늦지 않게 봄이 찾아오는 거라며 노모는 합죽한 잇몸을 가리고 웃었다.

조드

바야르는 자르갈의 동생이 졸업하면 한국에 있는 대학으로 갈 예정이라고 했다. 이미 두 개의 대학에서 입학 통지를 받았다며 자랑스러워했다. 그는 김 대리에게 막내 처남을 부탁했다. 준석은 세상에서 가장 오래된 삶의 방식을 보는 기분이었다.

저녁 식사를 하며 대원들은 아이락을 연거푸 마신 탓에 일찍 잠자리에 들었다. 바야르는 손님 숙소로 안내했다. 벽면에 나무 침대를 붙여놓은 단출한 게르였다. 태양광으로 축전해 느리기는 하지만 인터넷 시설까지 갖추고 있었다. 대원 중 하나가 신기하다는 듯이 14인치 브라운관 TV를 이리저리 살펴보았다. 외부에서 예약하고 오는 관광객들이 더러 있는 모양이었다.

홍보실의 장 실장이 현재 위치를 본사에 보고했다. 준석은 실내를 사진으로 찍어 근영에게 '생존 신고' 태그를 붙여 전송했다.

바람에 게르 자락이 심하게 펄럭거렸다. 매캐한 냄새와 함께 연기가 천정에 난 구멍으로 올랐다. 하늘을 향해 뻥 뚫린 구멍이라니. 술기운 때문에 천정에 뚫린 검은색 구멍이 빙글빙글 돌았다. 그 구멍으로 빗방울이 날아들어 화로 위로 떨어졌다. 빗방울은 치직 소리와 함께 수증기를 일으키고 사라졌다. 비가 긋자 멀리서 늑대들의 울음소리가 들려왔다. 지친 대원들은 어떻게 밤을 보냈는지 모를 만큼 깊은 잠에 곯아떨어졌다.

다음 날 아침, 준석 일행은 바야르의 게르를 떠났다. 노모는 신에게 우유차를 뿌리며 떠나는 사람들의 건강을 빌었다.

이언주 소설집

2

"큰일났어요. 뉴스 봤어요?"

근영은 홀란의 전화를 받았다. 초원에 갑자기 조드가 닥쳤다는 것이다. 홀란은 준석이 맡은 3공구 현장의 소장인 무흐진의 아내였다. 국립대학에서 한국어를 전공하는 교수로, 일주일에 두 번 근영의 집으로 와서 몽골어를 가르쳤다. 울란바토르에서 근영이 알고 있는 유일한 몽골인이기도 했다. 어제 오후에 홀란이 왔을 때, 근영은 준석이 극기 훈련을 떠났다고 말했었다.

"어떡하죠?"

준석은 지금쯤 중부 고원을 지나 고비를 가로지르고 있을 것이다. 생존 신고라며 묵고 있는 게르 사진을 보내온 것이 이틀 전이었다.

'10월은 조드가 오는 시기가 아닌데…….'

홀란의 목소리가 근영의 귓가를 스쳐 지나갔다. 그녀는 새로운 소식이 있으면 다시 알려주기로 했다.

텔레비전을 켰다. 국영방송인 MNB에서 조드 피해를 속보로 내보냈다. 격앙된 목소리의 아나운서는 10월에 들이닥친 폭설과 한파를 기상이변이 낳은 대재앙이라고 했다. 화면엔 설원에 나뒹구는 동물 사체가 가득했다.

준석에게 전화를 걸었지만 연결되지 않았다.

노트북을 열고 검색창에서 '몽골', '조드'를 찾아보았다. 구글과 네이버에는 최근 뉴스로 올라온 사진 몇 장이 전부였다. 근영은 몽골어를 대충은 알아들었지만, 기사를 찾아 읽을 정도는 아니었다. 입안이 바싹 타들어 갔다. 달리 뾰족한 수가 있는 것도 아니었다. 준석의 극기 훈련 일정에 대해서도 자세히 알지 못했다. 현관을 나서면서 일요일 저녁에 돌아오겠다는 말이 전부였다.

회사에서는 극기 훈련에 나선 사람들과 연락이 끊겼다고 했다. '실종'이라는 단어를 듣는 순간 근영은 다른 말이 귀에 들어오지 않았다. 전화기 너머에서는 최선을 다하고 있단 말만 되풀이했다. 어제까지 대원들의 안전이 확인되었다며 본사에서 이미 수색대를 파견했으니 너무 걱정하지 말라고 했다.

영하 50도 사막에 사람이 버려졌는데 걱정하지 말라니. 전화 속 목소리는 생각할 틈도 주지 않고 이미 일어난 일을 현실로 받아들이라 강요하는 목소리였다. 근영은 가만히 전화기만 쥔 채 서 있었다. 정적을 이기지 못하고 저쪽에서 먼저 전화를 끊었다.

떨리는 손으로 다시 준석의 전화번호를 눌렀다. 신호음이 길게 울리는 동안 손톱으로 입술을 뜯었다. 준기에게 전화를 걸었다. 준기는 근영의 가장 친한 친구이며, 준석의 형이었다. 준기 역시 전화를 받지 않았다. 다시 전화했을 때 연구실 조교가 받았다. 조교는 교수님이 3시간 연강 수업에 들어갔다고 했다.

이연주 소설집

근영은 무너지듯이 소파에 주저앉았다. 준기와 통화를 한다 해도 한국에 있는 그가 해줄 수 있는 일은 없었다. 그저 상황을 알려줄 뿐이었다. 근영은 텔레비전 화면을 뚫어지게 바라보았다. 쏟아지는 눈발 속으로 이어진 차량의 행렬이 개미 떼처럼 보였다. 리포터가 쏟아내는 말을 완전히 알아들을 수도 없었다. 벽에 걸린 시계의 초침이 초조한 발짝 소리를 냈다.

근영은 준석과 공동생활 조건으로 서로의 생활에 관여하지 않을 것을 요구했다. 결혼하고 3년 동안 그 약속은 지켜졌다. 사막으로 극기 훈련을 떠나는 준석에게 아무것도 묻지 않았다. 누구랑 어디로 가는지, 그곳이 어떤 곳인지 궁금했지만, 입속에서 맴도는 말을 삼켰다. 가족이라면 당연히 알아야 했지만, 근영은 입 밖으로 내지 못했다. 이런 일이 있을 거라고는 꿈에서도 생각하지 못했으니까.

처음에 준기가 준석을 만나보라고 했을 때 근영은 농담으로 받아들였다. 마흔을 한 달 앞두고 친구에게서 그의 동생과의 결혼을 제안받는 일을 누가 상상이나 할 수 있었을까. 준석에 관해서는 그동안 많은 얘기를 들었지만, 준석과는 차 한 잔 나눈 일도 없었다. 심지어 준기가 동생의 성향이 남다르다고 걱정한 일도 있었다.

"내 동생 준석이가 널 만나고 싶대."

"농담할 기분 아니지."

근영은 이사할 집을 찾기 위해 고시원을 검색하던 중이었다.

준기는 농담이 아니고 진지하게 생각해 보라고 했다.

"너도 알잖아. 난 감정 없다고. 그런데 뭘 바라?"

"그러니까."

"그런 결혼이 어땠어?"

"미래적인 결합, 쿨하고 멋있잖아."

근영은 말도 안 되는 소리라고 했다. 그러나 당장 갈 곳이 없었다. 부모의 사망보험금으로 장만한 오피스텔마저 경매로 넘어가고 폐업 신고까지 한 마당이었다. 갈 곳이 없었다. 불구덩이 속이라도 누울 수만 있다면 뛰어들고 싶은 심정으로 세상의 끝에 서서 될 대로 되라는 마음뿐이었다.

"아니면 말고 식으로 그냥 내질러 보라고? 아예 나더러 범 성애 주자라도 되라는 거네."

"부탁이라고 해두자."

누구보다도 근영 자신을 잘 아는 준기였다.

근영은 리모컨으로 텔레비전을 껐다. 갑자기 실내가 캄캄해지면서 바깥보다 더 어두웠다. 근영은 발코니로 나갔다. 따뜻한 불빛이 흘러나오는 건너편 집들을 바라보았다. 얇은 커튼 너머로 가족들이 움직이는 모습이 보였다. 어느 집에선가 앰프를 켜고 노래하는 소리가 건물 사이에서 공명을 일으켰다. 아랫집에서 양고기 끓이는 냄새가 났다. 빈속에 이물감으로 욕지기가 올라왔다. 까마득한

이언주 소설집

바닥을 내려다보며 심한 멀미를 느꼈다. 숨이 쉬어지지 않았다. 외투만 걸치고 밖으로 나갔다. 아파트 정문 앞 버스정류장 벤치에 주저앉았다. 모래 섞인 건조한 바람이 따갑게 볼을 스치고 지나갔다. 몸이 으스스 떨렸다. 거리는 귀가를 서두르는 사람들로 분주했고 몇 번이나 버스가 왔다가 떠났다.

가로등이 껌벅거릴 때마다 놀란 근영이 코트 깃을 다시 세웠다. 정류장으로 버스가 들어오고 민족의상을 입은 여자가 버스에서 내렸다. 불편해 보이는 여자는 다리를 끌며 길 건너 주택 단지 골목으로 사라졌다. 근영은 여자의 뒷모습을 눈으로 따라갔다. 불빛이 흐려지는 순간을 기다리던 어둠이 사물들을 집어삼켰다. 집이 있는 곳을 올려다보았다. 한 번도 올라가 보지 못한 성처럼 까마득한 절벽 위에 버티고 있었다.

조금 전까지만 해도 외관이 아름답고 철옹성 같은 집이었다. 편하게 책을 읽고, 차를 마시고, 식사하고, 잠자던 집이 공중에 둥둥 떠 잡을 수 없는 곳에 있었다.

근영은 모래 사람이 된 자신을 상상했다. 바람이 불 때마다 눈코입이 흘러내리고 몸이 소리 없이 공기 속으로 사라졌다. 끅끅하는 소리가 올라왔다. 무서웠다. 그 자리에서 자신이 완전히 사라질 것 같아 어디로든 가야겠다고 생각했다. 마침, 앞에 와서 멈추는 버스에 무작정 올라탔다. 자리에 앉지도 않았는데 버스가 출발했다. 휘청거리며 맨 뒷자리로 갔다. 차창 밖으로 낯선 집들이 스치고 지나

조드

갔다. 정류장에 차가 멈출 때마다 버스에 오르는 사람들은 표정 없이 주위를 둘러보고 빈자리로 가서 앉았다. 자리에 앉자마자 그들은 조각상처럼 움직이지 않았다. 두툼한 옷을 껴입은 모습이 고목의 등치처럼 보였다. 앉자마자 그 자리에서 냉기를 털어내고 뿌리내리는 것만 같았다. 이 나라는 왜 이렇게 춥기만 한지 알 수 없었다.

버스는 큰길을 벗어나 천막 주택이 늘어선 골목을 들어섰다. 전 국민의 절반이 수도인 울란바토르에 산다는 말을 증명이라도 하듯 따개비 같은 집들이 다닥다닥 늘어서 있었다. 버스 상단에 행선판의 글자를 읽었지만, 아는 글자는 드물었다. 띄엄띄엄 글자를 읽어보았다. 여기가 어디쯤인지 도무지 가늠되지 않았다. 한국에서 폐차 직전에 팔려 온 낡은 버스는 덜덜거리는 엔진 소리를 내며 멈추지 않고 굴렀다. 어디로 가야 할지, 갈 곳이 떠오르지 않았다. 준석의 전화번호를 다시 눌렀다. 지금은 통화할 수 없다는 몽골어가 기계음으로 흘러나왔다. 버스를 타고 도시를 돌아도 불안은 줄어들지 않았다. 환한 불빛들은 조금도 그녀를 위로하지 못했다.

근영은 버스에서 내렸다. 일터에서 돌아오는 사람들이 근영의 차림새를 보고 흘깃거리며 지나갔다. 낯선 시선에 쫓기는 기분으로 택시를 잡아타고 집으로 돌아왔다. 단정하게 조경이 된 정원을 지나 현관 안쪽에 있는 엘리베이터를 기다렸다. 한국식으로 설계된 아파트에 사는 사람들의 얼굴에는 자부심 같은 것이 느껴졌다. 밤이 되면 어떻게든 집으로 돌아오는 사람들의 시선이 엘리베이터

　　　　　　　　　　　　이언주 소설집

숫자에 못 박혔다.

안으로 들어가 벽을 마주한 채 돌아서 있었다. 거울 속으로 숫자 타일에 붉은 불빛이 한 칸씩 건너뛰는 것이 보였다. 27층에서 한 사람이 내린 뒤, 덜 닫힌 문에서 굉음이 울렸다. 문이 열리다가 다시 닫혔다. 언어로는 흉내 낼 수 없는 기기한 소리를 내며 엘리베이터가 멈춰 섰다. 실내등이 꺼졌고 누군가가 휴대폰 플래시를 밝혔다. 사람들의 얼굴이 드러났다. 비상벨을 눌러도 반응이 없었다. 남자가 주먹으로 문을 두드렸다. 아기를 안은 여자가 울음 섞인 말로 누군가와 통화했다. 근영도 준석 이름으로 저장된 단축 버튼을 다시 눌렀다. 기계음만 흘러나왔다. 자신의 위험을 알릴 곳이 없었다. 아기가 자지러지게 울었다.

「어디 있어? 지금 엘리베이터에 갇혔어.」

근영은 준석에게 메시지를 썼다가 지웠다. 무엇이 어디서부터 잘못된 것일까. 오후까지만 해도 평온한 하루였다.

바깥에서는 웅성거리던 소리마저 사라졌다. 근영은 벽에 기대어 섰다. 등으로 차가운 기운이 번졌다. 구두 위로 발등이 조금씩 부어올랐다. 근영은 스트레스를 받으면 아무 데나 쓰러져 자는 습관이 있어 긴장했다. 어둠이 익숙해지면 사물들은 제 모습을 드러내지만, 이번에는 아니었다. 빛이 사라지면서 어둠 속에 부스럭거리는 소리와 불안한 숨소리만 남았다. 그녀는 구두를 벗고 바닥에 웅크리고 앉았다. 가슴이 답답하고 머리가 아팠다.

조드

말굽 소리가 몰려들었다. 소리가 가까워지면서 바닥이 흔들렸다. 캄캄해서 아무것도 보이지 않았다. 차가운 바닥으로 납작 엎드렸다. 이제 말이 등을 짓밟고 달려들 것이다. 들짐승의 푸르릉거리는 숨소리가 온몸을 덮쳤다. 소리를 질러도 밖으로 새어 나오지 않았다. 꿈이란 걸 알면서도 깨어날 수 없었다. 갑자기 주위가 조용해졌다. 누군가 노려보고 있다는 생각이 들었다. 숨어야 하는데 몸이 움직이지 않았다. 눈빛과 마주치는 순간 푸른 불덩이가 삼킬 듯 달려들었다.

그 순간 눈이 떠졌다. 여전히 엘리베이터 안이었다. 어둠 속에서 사람의 숨소리만 들렸다. 두근거리는 가슴이 누그러지지 않았다. 가물가물하던 사이렌 소리가 점점 가까워졌다. 남자가 휴대폰 플래시를 켰다. 근영은 눈이 부셔 고개를 돌렸다.

밖에서 사람들이 문을 두드렸다. 등이 켜지고 엘리베이터가 다시 환해졌다. 남자의 얼굴이 피로에 찌들어 보였다. 움푹 들어간 눈, 창백한 낯빛 때문에 갑자기 늙은 모습이었다. 35층 여자는 얼마나 소리 없이 울었는지 퉁퉁 부은 눈이 충혈되어 있었다. 품에 안긴 아기만이 세상모르고 잠들었다.

쇳소리를 내며 문이 열렸다. 시선들이 엘리베이터 안으로 쏟아졌다. 근영은 사람들을 밀치고 나와 계단으로 뛰어 올라갔다. 현관을 열고 방마다 불을 밝혔다. 텔레비전을 켜고 소리를 높였다.

이언주 소설집

근영은 준석을 찾아 사막으로 가기로 했다.

낮에 걸려 온 번호를 찾아 통화 버튼을 눌렀다. 준석의 차와 기사를 보내달라고 했다. 전화기 속의 목소리는 예상치 못한 일이라는 듯이 알아보겠다며 전화를 끊었다. 한 시간도 채 지나지 않아 총무과 여직원에게서 다시 연락이 왔다. 내일 아침 회사에서 차를 지원하겠다는 거였다.

아침 일찍 준석의 차량 기사 니르구이가 갤로퍼를 몰고 왔다. 뒷좌석에는 윤상우 차장이 타고 있었다. 차에서 내린 그는 정중히 인사했다. 회사에서 해줄 수 있는 최고의 배려인 듯했다.

강변도로를 벗어난 차는 곧바로 고속도로로 접어들었다. 구릉을 따라 지평선 끝까지 새하얀 눈이 펼쳐져 있었다. 햇볕이 드는 쪽에 앉아 있던 근영은 눈이 부셨지만, 고개를 돌리지 않고 바깥을 보았다.

3

고비는 아무것도 없는 황무지라는 뜻이다. 하늘과 황톳빛 평원을 가르는 지평선. 극기 훈련 대원들은 또다시 먼지바람 속을 달리는 하루가 시작되었다. 준석은 지평선에 찍힌 한 점과 그어진 직선의 도로 위에서 유지되는 속도에 집중했다. 극기 훈련은 길 위에서 자전거 페달을 밟으며 소실점과 벌이는 싸움이었다.

훈련 대원은 준석을 포함해서 모두 다섯 명이었다. 통역인 김 대리와 본사 홍보실 장 실장, 철인 3종 경기에 출전했던 진접 아파트 현장의 진 차장, 일본에서 온 인 과장 등이다. 회사 동료라는 사실을 제외하면 누구도 일면식이 없었다. 김 대리는 네 번째 고비 여행이라고 했다. 나이로 보자면 대원 가운데 가장 어렸다. 그러나 경험이 많은 그가 선두에 나서는 데 아무도 이의를 제기하지 않았다.

김 대리는 초원이 처음인 대원들에게 지평선을 오래 바라보지 말라고 했다. 초원을 건널 때 너무 멀리 바라보면 힘들어지기 때문이었다. 페달에 집중하는 동안 풍경은 의미가 없어졌다. 바람 소리와 자신의 숨소리, 오로지 허벅지 힘으로 페달을 밟을 뿐이었다. 비현실적으로 펼쳐진 푸른 하늘에 떠가는 구름 덩이가 준석이 달리는 속도보다 더 빠르게 흘러갔다. 지평선 가까이 도로 위로 물결이 흔들렸다. 호수가 아니라 신기루였다.

선두가 지치면 돌아가며 선두에 나섰다. 김 대리는 틈만 나면 동영상을 찍고 여자 친구와 통화를 했다. "그럴 거면 여친을 데려오지 왜 혼자 왔냐"며 대원들이 놀렸다. 어떻게 만났고, 결혼을 언제 할 건지 시시콜콜한 연애사를 궁금해했다. 김 대리는 11월 인사이동에서 상하이 지사로 간다고 했다. 자신은 결코 비혼주의가 아니라고 강조하면서 결혼은 옵션이라고 했다. 말로는 아직 싱글의 자유를 포기할 생각이 없다고 했으나, 사실은 여자 친구가 일을 그만두면서까지 김 대리의 해외 근무를 따라나설 의사가 없어 보였다.

이연주 소설집

하늘 끝에서 먹구름이 몰려왔다. 출발할 때 확인한 일기예보는 훈련이 끝날 때까지 문제가 없었다. 대원들이 게르를 출발하고 한나절도 지나지 않아 바람의 방향이 바뀌면서 분위기가 심상치 않았다. 대원들은 차강소브라가를 향해 속도를 냈다. 오후에 바야르가 말을 타고 따라왔다.

"폭설 경보가 내렸어요. 조드예요. 이대로는 갈 수 없습니다."

당황한 김 대리가 바야르와 준석의 얼굴을 번갈아 바라보았다.

"이제 시월인데 무슨 말을 하는 겁니까?"

준석은 현지 법인에 근무하며 조드가 무엇인지 정도는 알고 있었다. 조드는 십 년에 한 번 정도 주기적으로 고원에 밀어닥치는 한파 재난이었다. 마지막 조드가 지난 2월에 지나갔다.

"조금 전 기상청에서 주의보가 경보로 바뀌었습니다."

바야르는 자기 집에 묵었던 친구들을 죽음으로 내몰 수 없다는 강한 의지를 보였다. 몇 년 사이 초원이 이상해졌다며 자연에서 정해진 것은 아무것도 없다고 했다. 바람이 불면 부는 대로 자연을 따라야 한다는 의미였다.

대원들이 실랑이하는 사이 바람은 더 거칠어졌다. 빠르게 몰려오는 먹구름이 머리 위에서 서로 뒤엉켰다. 하늘이 점점 흐려지더니 마침내 주위가 어두워지고 멀리서 구르릉거리는 천둥소리가 났다. 회색으로 변한 세상은 통째로 흐릿한 구덩이에 빠져드는 것 같았다. 눈발을 헤치고 바야르의 게르에 도착했을 때는 이미 밤이었다.

바야르의 아내와 노모는 다시 나타난 손님들을 가족처럼 맞았다. 게르 안에는 양고기 삶는 냄새로 가득했다. 갑자기 추워져서 따뜻하게 몸을 데워야 한다며 허르헉을 끓인다고 했다.

바람 때문에 안테나가 흔들려 전파가 제대로 잡히지 않았다. 일기예보에서는 밤사이 영하 40도 이하로 떨어질 거라고 했다. 준석은 악천후로 현지인의 게르에서 하루 더 머물게 되었다며 울란바토르 총무팀장에게 문자를 보냈다. 돌아갈 날짜가 미뤄졌다.

"왠지 기분이 쎄, 한데요."

준석은 몽골에서 삼 년을 보냈지만 처음 느끼는 바람과 추위였다. 시간이 갈수록 바람 소리가 점점 거칠어졌다.

"완전 먹통이야!"

아들과 통화를 하려던 장 실장이 전화기를 들고 어깨를 으쓱했다. 휴대전화 신호도 잡히지 않았다. 대원들은 처음 겪는 조드의 실체를 가늠하지 못했다. 대피해야 한다는 말에 바야르를 따라왔지만, 그의 가족들 표정 역시 어제와 별반 다르지 않았다. 태풍에 발이 묶여 며칠, 일정에 차질이 생겼다고만 생각했다. 김 대리는 바야르에게 내일 날씨는 어떻겠냐며 몇 번이나 물었다. 바야르가 진지한 표정으로 마르가시라고 대답했다. 아파트 공사 현장에서 현지인들에게 자주 듣던 말이었다. 언제까지 일을 마무리할 수 있겠냐고 물으면 몽골 소장들은 하나같이 '마르가시'라는 말을 했다. 처음에는 무슨 동문서답인가 싶었다. 마르가시는 내일이라는 말뜻

이언주 소설집

도 있지만, 다음에라는 의미도 있었다. 내일인지 아닌지 상황에 따라 알아서 판단해야 했다.

"니르구이!"

바야르가 문 뒤에 숨어 있던 아이를 불렀다. 볼이 빨간 아이가 쪼르르 달려 나와 자르갈의 등 뒤에 붙어 섰다. 바야르는 아기에게 물렸던 젖병을 내려놓으며 이웃에 가서 테믈렌을 데려오라고 일렀다. 재난을 준비하며 가족을 단속했다. 김 대리가 가방에서 초코파이와 사탕을 꺼내 아이에게 내밀었다. 과자를 받아 든 아이는 신이 나서 밖으로 나갔다.

뒤에 안 사실이지만, 테믈렌은 바야르 형과 자르갈의 아들이었다. 바야르는 도시에서 트럭 운전을 했었다. 7년 전 조드가 닥쳤을 때 그는 고향으로 돌아왔다. 부모와 함께 고향을 지키던 형이 폐사한 가축을 처리하던 중 축사가 무너지는 사고로 죽었다. 결국 바야르가 형을 대신해 가족과 초원을 지키게 되었다. 다른 동생들은 도시로 돌아갔다.

준석은 바야르에게 좋은 남편이라며 엄지손가락을 세웠다.

"당연히 해야 할 일이지요."

바야르는 손사래 치면서 초원에서는 가족이 가장 소중하다고 했다.

"자르갈이 도시로 나가자고 조르지 않아서 다행이죠. 나를 믿고 남아줘서."

바야르는 조드가 거듭되면서 고원의 목자들이 삶의 터전을 잃고 도시로 내몰린다고 했다. 아이들은 교육을 위해 도시로 보내졌다. 테믈렌도 내년이면 도시에 있는 학교에 가기로 되어 있었다. 그런데 이웃의 딸에게 정신이 팔려 학교에 갈 마음이 없는 모양이었다.

"굳이 공부할 마음이 없다잖아. 여기서 가축을 기르며 사는 것도 좋은 일이야."

뜨개질하던 노모가 돌아보며 말했다.

"어머니가 자꾸 그렇게 말씀하시니까 애가……"

바야르는 노모를 향해 단호하게 말했다.

"예전과 달라요. 세상이 바뀌었잖아요. 이제는 교육을 받아야 해요. 돌아오고 안 오고는 테믈렌이 학교를 졸업하고 스스로 결정할 일이에요."

그의 말로는 태양광으로 전기를 만들고, 위성 수신기가 보급되면서 초원에서도 살아가는 방식이 많이 달라졌다고 했다. 자르갈이 지지직거리는 텔레비전을 켰다가 다시 껐다.

준석이 울란바토르에서 왔다는 말에 바야르가 관심을 보였다. 외국인들이 몽골에 와서 무슨 일을 하는지 물었다.

"울란바토르 외곽의 신도시 개발 현장에서 일하고 있어요."

"아, 솔롱고 프로젝트. 나도 알아요. 텔레비전에서 봤어요. 최고예요."

이언주 소설집

바야르는 두 주먹을 들고 엄지손가락을 치켜세웠다.

'솔롱고'는 무지개라는 뜻으로, 몽골에서는 한국을 부르는 말이
기도 했다. 준석의 회사는 초원에서 도시로 이주하는 이주민들을
위해 신도시를 건설했다.

바야르는 훌륭한 사람들과 친구가 되었다며 흥분했다. 도시로
나간 형제를 돕는 은인이라는 말까지 했다. 하지만 자신은 도시로
가지 않고 이곳을 지킬 거라고 몇 번이나 다짐했다.

"여기가 편하고 좋아요. 염소와 말이 먹을 풀이 있으니까."

걱정이 있다면 아내가 염소젖 짜는 일보다 한국 드라마를 더 좋
아해서 큰일이라며 자르갈을 보았다. 자르갈은 부끄럽게 웃으며 배
우 이민호가 너무 멋있다고 했다.

김 대리는 아기에게서 시선을 떼지 못했다. 그가 자르갈 곁으로
다가가 아기를 어르며 이름을 물었다. 옆에 있던 바야르가 "훔 비
쉬"라고 대답했다. 김 대리는 고개를 돌리며 대원들에게 아기 이름
이 사람이 아니라는 의미라고 알려주었다. 한 대원이 '사람이 아니
므니다'라며 개그 코너에서 유행하던 말을 흉내 냈다.

"그믐날 밤에 귀신이 와서 아기 이름이 뭐냐고 묻는 거예요. 그
러면 사람이 아니라고 부모가 대답하는 겁니다."

바야르의 설명을 김 대리가 통역했다.

"이건 뭐야? 귀신이 다시 묻고, 낳고 보니 사람이 아니라고 애를
위해 귀신하고 티키타카 하는 거죠."

조드

대원들은 한 사람씩 돌아가며 아기에게 홈 비쉬, 홈 비쉬하고 불렀다.

꽃을 꽃이라 부르면서 꽃의 의미를 갖게 되듯이 이름이 없다는 것은 존재 자체를 부정하는 말이다. 아이를 데리러 온 귀신으로부터 아이를 감추기 위해 어쩔 수 없이 존재를 부정해야 했다. 근영과 생활한 지 3년이나 지났지만, 그는 여전히 근영을 누나라고 했다. 새삼스럽게 고쳐 부를 이유까지는 없었다. 누나라는 말이 홈 비쉬나 니르구이의 의미와 다를 것이 없었다.

준석은 자르갈의 얼굴을 물끄러미 바라보았다. 세상 편한 얼굴로 손님을 대하는 그녀와 눈빛이 마주치면 바야르가 안고 있는 아기에게로 시선을 돌렸다. 보지도 않을 텔레비전을 켜놓고 혼자 있을 근영을 생각했다. 언젠가 이성에게 관심을 가지지 않게 된 이유를 물은 적이 있었다. 근영은 "페르몬 결핍"이라고 단칼에 말을 잘랐다. 사람마다 에너지 분출 방법이 다를 뿐이라고. 에너지가 축적되면 어느 쪽으로든 떠나게 된다는 말처럼 들렸다. 준석은 감정이 서늘하게 가라앉는 기분이었다.

바야르가 형수를 아내로 맞았다는 사실을 말하지 않았더라면, 그들의 가족관계를 상상이나 했을까. 결혼이란 무엇인가. 남자와 여자가 한집에 살면서 아이를 만들고, 아이가 자라면서 집을 늘리고 늙어 가는 것. 모두에게 주어진 일처럼 순차적으로 한 발 한 발 나아가는 것을 사람들은 보편적이라고 했다. 준석은 자신의 결혼을 되돌아보았다.

게르를 지탱하는 나무 살과 작은 가구들이 눈길을 끌었다. 쇼핑 센터에서 보았던 몽골 기획전이 생각났다. 근영이 스노볼을 고르는 동안 준석은 진열된 나무 퍼즐을 둘러보았다. 몽골 전통 퍼즐이었다. 점원이 다가와 퍼즐 한 세트를 꺼내 시연을 보였다. 손가락을 따라 단순한 조각들이 맞물리면서 새로운 형태를 만들었다. 익숙한 손놀림이었다. 점원은 십자 퍼즐 한 조를 꺼내 준석에게 주며 풀어보라고 했다. 힘으로는 어떻게 해도 풀리지 않았다. 퍼즐을 다시 받아 든 종업원이 팽이처럼 유리 탁자 위에서 한 바퀴 빙그르르 돌렸다. 거짓말처럼 퍼즐이 분해되었다. 두어 조각부터 수백 개의 조각까지 언뜻 보기에는 모두 똑같아 보였다. 퍼즐은 끝없는 매듭을 만들었고, 풀어내는 방법은 모양마다 달랐다.

바야르 부부를 보면서 준석은 상우 부부는 또 어떤 모습으로 살고 있을지 생각해 보았다. 홈에 끼어 맞물린 기둥과 가구를 보며 상우의 집을 상상했다. 상우만 생각하면 풀리지 않은 뭔가가 아직도 남아 있었다.

법인 사무실에서 근무하는 상우와 달리 준석은 주로 현장 사무소로 출근했다. 그래서 두 사람은 서로 부딪치는 일이 많지는 않았다. 본사와 화상 회의가 있는 날이면 법인 사무실에 들러 가끔 얼굴을 봤다. 만나도 상우가 먼저 시선을 피했기 때문에 굳이 인사를

조드

나눌 마음은 없었다. 두 사람이 대학 친구라는 사실을 아무도 몰랐다.

추석을 며칠 앞두고 준석은 법인 사무실에 들렀다. 탕비실에서 커피를 내리다가 어깨에 닿는 손길에 놀라 뒤를 돌아보았다. 외국 생활을 하며 몸에 밴 긴장 때문에 순간 몸이 굳었다. 머쓱해진 표정으로 상우는 두 손을 펼쳐 흔들며 한걸음 뒤로 물러났다.

"난, 또."

준석은 아무렇지도 않은 듯이 커피를 들고 테이블 쪽으로 갔다. 상우는 머신에 새 컵을 올리며 뒤를 흘깃 돌아보았다.

"요즘 어때?"

준석은 어깨만 들썩했다.

"별일 없으면 저녁에 소주나 한잔하고."

뜻밖의 말이었다. 상우가 옆자리 의자를 끌어와 앉으면서 말했다.

"따로 밥 한번 먹을 시간도 없었네. 일이 어지간히 바빴어야지."

준석은 상우를 물끄러미 바라보았다.

상우는 부탁할 것이 있다며 회사 앞 한국 식당에서 저녁이나 하자고 했다. 준석이 먼저 자리에서 일어났다.

준석은 회의가 길어져 사무실에서 조금 늦게 나왔다. 식당으로 가기엔 애매한 시간이라 약속 장소 근처의 편의점으로 갔다. 차가운 음료를 들고 창가 스탠드로 가서 앉았다. 유리창 너머로 한식당으로 들어가는 상우가 보였다. 그의 뒷모습이 낯설었다.

이연주 소설집

'어쩌다가 우리가 이렇게 되었지?' 상우가 했던 혼잣말을 곱씹었다. 그냥 사이가 아니었다고? 그냥 사이가 아니면 어떤 사인데. 친구도 아니고, 동료도 아니고. 구시렁거리던 준석이 재킷을 들고 일어섰다.

식당 문을 열고 들어갔을 때 상우는 여기, 라며 손을 흔들었다.

"선배는 잘 계시고?"

"누구?"

준석은 상우가 말한 선배가 누구인지 얼른 알아듣지 못했다.

"와이프가 준기 형 친구 아니었나……"

상우가 말끝을 흐렸다. 준석은 자기도 모르게 얼굴이 굳어졌다. 종업원이 밑반찬을 세팅하는 동안 준석은 아무 대꾸도 하지 않았다. 상우 역시 말없이 상 위에 차려지는 반찬만 내려다보았다.

"십 년도 넘게 시간이 흘렀는데 이 기분은 또 뭐냐?"

상우가 중얼거렸다. 그의 말마따나 준석 역시도 엊그제 헤어지고 다시 만났다는 착각이 들었다.

준석은 흘러간 감정이 무엇인지 생각했다. 그딴 거 개나 주라는 심정으로 털어낸 지 오래되었다. 그러나 말처럼 그렇게 쉽게 정리되는 감정은 아니었다. 처음엔 자존심에 상처가 났고, 갑작스러운 상우의 결혼 소식으로 이별에 쐐기를 박았다.

"아이는?"

"아직."

"난 네가 결혼 같은 건 하지 않을 줄 알았는데."

"그러는 넌."

준석이 퉁명스럽게 말을 잘랐다.

"미안해서 그랬지."

"뭐가?"

준석은 정말 이유를 모르겠다는 표정으로 상우의 얼굴을 바라보았다.

"아니면 말고. 나는 영 아닌데 넌 여기가 적성에 맞은가 보더라."

상우가 술잔을 건네며 말했다.

"해외 생활이 다 그렇지 뭐."

준석도 상우의 술잔을 채웠다.

"임기도 끝나고 이번 연말에 돌아가려고. 의무 햇수 채웠잖아."

"선배도 그러겠데?"

"그분이 가시고 싶다네. 일을 시작하려나 봐."

"하긴, 나도 그만 접고 한국으로 돌아갈 생각이야."

상우가 말했다.

"애가 학교에 다닌다고 하지 않았나?"

"응, 4학년하고 2학년."

"남들은 해외 못 나와서 안달인데 왜?"

준석은 콩나물을 집었던 젓가락을 내려놓고 상우의 표정을 살폈다.

이언주 소설집

"재미없어. 말 안 들어 처먹는 현지인들도 지겹고".

상우가 술잔을 잡을 때 새끼손가락을 뻗고 홀짝거리는 버릇은 여전하다고 생각했다. 한참을 주절거리던 상우는 이번 극기 훈련에 대신 가줄 수 없는지 물었다. 세관 공무원들과 중요한 약속이 잡혔는데 미룰 수 없다고 했다.

4

바람이 점점 심해졌다. 준석은 맨몸으로 벌판에 누워 거친 바람을 맞으며 죽음을 기다리는 기분이었다. 자정이 넘은 시각에 바야르가 땔감을 안고 왔다. 새끼 염소를 데려다 놓아도 되겠느냐고 물었다. 태어난 지 얼마 안 돼 바깥에서 못 견딜 거라고 했다. 대원들이 바야르를 따라나가 어린 양과 염소를 게르로 안아 옮겼다.

쿰쿰한 냄새와 어린 가축이 울어대는 바람에 대원들은 누구도 쉽게 잠을 들지 못했다. 수시로 바야르가 눈을 퍼내며 비질하는 소리가 들렸다. 뒤척이던 진 차장이 담배를 한 대 피워도 되는지 물었다. 그러더니 대답을 기다리지도 않고 게르 가운데 난로로 다가가 불을 붙였다.

"이 날씨에 사소한 담배 한 대 때문에 목숨을 걸면 되겠어요?"

준석이 일어나 램프에 불을 켰다.

"집에서들 난리가 났을 텐데 연락할 방법도 없고."

　　　　　　　　　　　　　　　조드

장 실장이 돌아누우며 모포를 목까지 끌어올렸다.

"예전에 불산 공장 지을 때 거기서 이혼당할 뻔하지 않았겠습니까."

진 차장이 일어나 앉으며 자기도 담배를 한 대 달라고 했다. 사람들의 시선이 진 차장에게로 모였다.

"재작년에 불산에서…… 거기 태풍이 장난 아니거든요. 도시가 셧다운되길래 마침 출장자도 있겠다, 작업자들 철수시키고 현장 소장과 직원들이 호텔로 몰려갔죠. 카드를 돌리다 보니 아무도 집에 연락하지 않은 거예요. 집사람이 밤새 여기저기 전화하고 발칵 뒤집어졌어요."

"혼날 만도 하네. 그래서 어떻게 됐어요?"

김 대리가 키득거리며 물었다.

"안전 매뉴얼은 지키는 게 기본이지요."

장 실장이 본사 홍보실 직원답게 말했다.

"어쨌든 무사하면 되는 거 아닙니까. 괜히 여자들이 난리 치는 바람에 안전 불감증이라고 단체로 시말서나 쓰게 만들고……."

연기를 길게 내뿜던 진 차장이 억울하다는 듯이 말했다.

"하긴, 방송에서 서울에 시위하는 장면만 보고도 해외에 있는 사람들은 큰일이 난 것처럼 전화하잖아요. 전쟁이라도 난 줄 알고. 막상 한국에서는 아무 일도 없다는 듯이 사람들이 태평하게 사는데 말입니다."

"그건 상황이 좀 다르지 않나요?"

이언주 소설집

평소 말이 적던 인 과장이 끼어들었다.

준석은 근영에게 극기 훈련의 일정을 말하지 않은 것이 다행이라고 생각했다.

새벽녘에야 잠든 대원들이 바람 소리에 눈을 떴다. 문밖에서 삽질 소리가 났다. 얼어붙은 문이 꼼짝도 하지 않았다. 준석은 진 차장과 함께 문짝을 힘껏 밀었다. 문이 벌컥 열렸다. 환한 빛이 쏟아져 들어왔다. 그들은 바깥으로 나갔다. 눈보라가 방향 없이 몰아치면서 날리는 얼음조각에 눈을 뜰 수 없었다. 저절로 맺힌 눈물로 눈썹에 작은 얼음이 매달렸다. 길을 내던 바야르가 안으로 들어가라고 소리쳤다.

자연 앞에서 인간은 얼마나 힘이 없고 나약한 존재인가. 대재앙이라는 말이 실감 났다. 대원들은 난로 앞에 모여 앉았다.

"이거, 땔감을 아껴야 하는 거 아냐?"

인 과장이 걱정스러운 듯이 말했다. 김 대리가 마른 야크 똥을 들었다가 말없이 내려놓았다. 인 과장이 비상식량으로 가져온 에너지바를 하나씩 돌렸다 모두 에너지바를 꾹꾹 씹으며 난로 속에서 흔들리는 푸른 불빛을 바라보았다. 놀란 시간이 그 자리에 멈춰서서 숨을 참고 있는 것만 같았다.

5

"결혼 안 해? 하긴, 혼자 사는 게 편하고 좋긴 하지."

이따금 준석에게 동료들이 물었다. 그럴 때마다 준석은 당연하지 않냐고 반문했다. 준석이 보기에 결혼이란 결핍을 메우기 위한 인류의 집단 최면에 불과했다. 인생이 생각대로 흘러가기만 한다면 그런 형식에 얽매일 이유가 없었다.

팬데믹을 상하이에서 혼자 겪지 않았다면 아직도 생각이 바뀌지 않았을 것이다. 코로나로 국경이 폐쇄된 시기 시간을 보내기 위해 시작한 골프로 준석은 어깨에 심한 통증이 찾아왔다. 결국 회전근개 파열로 봉합 수술을 받았다. 부모는 기다렸다가 한국에서 수술받기를 원했다. 그러나 시간이 흐를수록 상태는 나빠지기만 했다.

준석은 보호자 없이 중산의원에서 수술을 받았다. 코로나 때문에 가족 외에는 면회가 금지되는 시기였다. 총무과 현지 직원이 도와주었으나 불편하고 힘든 투병 생활이었다. 퇴원하고 한쪽 어깨를 고정한 채 혼자 집으로 돌아왔다. 집이라는 공간이 견딜 수 없이 외로웠다. 회사에서 보내준 운전기사가 짐을 집까지 옮겨주겠다고 했다. 준석은 혼자 할 수 있다며 기사를 돌려보냈다. 한 팔로 열쇠를 찾아 현관문을 땄다. 문을 열어 말굽으로 고정하고 캐리어 손

이언주 소설집

잡이를 잡아끌었다. 숨소리 하나 없는 고요한 집. 발걸음이 선뜻 안으로 들어서지지 않았다. 그 후에도 한 팔로 생활하는 일은 쉽지 않았다. 골프와 술을 끊게 된 준석은 혼자 사는 게 처음으로 지긋지긋하다고 느꼈다. 재활 치료가 끝나도 팬데믹은 끝나지 않았다.

국경 봉쇄가 풀리면서 준석은 서울 본사로 귀임했다. 본가로 들어가 부모와 함께 있는 동안 어머니는 지치지도 않고 맞선 볼 신붓감들을 데려왔다. 회사 동료들도 소개팅이다, 뭐다, 사람을 귀찮게 했다. 준석은 또다시 달아날 궁리를 했다.

때마침 몽골에서 대규모 신도시 건설이 추진되었다. 국민의 56%가 수도에 밀집되어 주택 공급이 시급했다. D건설은 몽골 경제 개방 시기에 진출했다. 자이승 지역을 부촌으로 개발한 결과 브랜드 가치가 높아졌다. 울란바토르 공공주택 건설 수주를 따내는 데는 한류도 한몫했다. 솔롱고 프로젝트에 착수하며 회사는 몽골 지사를 법인으로 승격하고 주재원을 파견했다. 해외 현장에서 경험 있었던 사람이 우선 배치되었다. 준석으로서는 선택지가 없기도 했다.

울란바토르로 떠나기 전, 준석은 준기를 찾아갔다. 연구실에는 먼저 손님이 와 있었다. 기다리는 준석의 귀에 대화라기보다는 언쟁에 가까운 말이 오갔다. 이제까지 준석은 한 번도 말로 형을 이겨본 적이 없었다. 형수의 불만도 대개는 그런 거였다. 형의 말은 설득력이 있어 듣다 보면 묘하게 미안해지고 잘못이 없어도 죄책감이 들었다. 여하튼 형에게는 그런 재주가 있었다. 그런데 어떻게

조드

된 일인지 형이 일방적으로 당하고 있었다.

준석은 형과 싸우고 있는 여자가 누구인지 한눈에 알아보았다. 오래전 형의 사무실에서 본 적이 있었다. 그때 결혼을 앞둔 형이 여사친과 좁은 오피스텔에서 매일 같이 있어도 되는 건지 물었다. 근영이 개는…… 준기는 약혼녀가 인정해 주는 쿨한 사이라고 했다. 형수 될 사람이 근영을 몇 번 만나본 후로는 가족처럼 대한다고. 준석은 기억나지 않지만, 근영에 관한 꽤 많은 이야기를 들어온 터였다.

잠시 뒤 근영이 가겠다 했다. 깡마른 모습이 지쳐 보였다. 준석은 그녀에 관해 형에게 물었다. 이런저런 이야기 끝에 막다른 길에 몰려 준기에게 화풀이를 한 이유도 알게 되었다.

근영이 자리를 뜨자, 준석은 형에게 근영을 소개해 달라고 했다.

"제정신으로 하는 소리야?"

형은 단칼에 잘랐다. 그녀가 잡지사를 그만둔 것도, 출판사를 하게 된 것도 자기 때문이라고 했다.

"생판 모르는 사람보다는 낫지 않아? 친구라면서, 세상에 둘도 없는."

"그래서 하는 말이잖아. 근영이는 안 돼."

"왜?"

"넌, 자유롭게 살려고 해외 지사로 나도는 거 아니었어?"

준석은 순간 말문이 막혔다.

이언주 소설집

"그게, 외국 생활이 그렇게 간단하지 않아. 회사도 그렇고 교민 사회가 한국보다 더 좁은 관계여서 지켜보는 눈이 무서워. 말도 많고 탈도 많고. 게다가 우리 같은 주재원은 회사의 걸어 다니는 광고판이야. 언제나 품위 유지를 해야 한다구. 무슨 말인지 이해가 돼?"

"어쨌든 근영인 아니야. 걔는 행복해져야 해."

"어째 기분 좀 이상해지네……."

준석은 잠시 말을 멈추다가 대들 듯 말했다.

"누가 불행하게 한댔어? 지금 당장 갈 데도 없고 힘들다며. 행복하게는 못 해 줘도 편안하게는 해줄 수 있어. 뭣보다도 내가 진짜 동생 아냐? 혼자 아니고 집에서 누구랑 같이 살고 싶어. 그 누나, 무 로맨틱이라며. 오히려 잘된 거 아냐?"

순간 준석은 형의 눈빛이 흔들리는 것을 보았다.

"형이 뭘 걱정하는지 알아. 우리 조직이 생각보다 보수적이야. 안전제일이라는 명분으로 가정을 잘 지키는 게 책임감의 척도라고 여긴다니까. 개인의 취향도 존중해야 하는데. 하여튼 그래."

준석은 결혼을 왜 하려는지 준기를 설득했다. 형이 생각하는 것처럼 즐기고만 살 거라면 한국이 더 편하고 자유로울 것이며 연애세포 따위는 포기한 지 오래됐다고 했다. 가족이 없어 회사에서 당연히 누리려야 하는 혜택을 받지 못하는 것도 억울하다며 엄살 부렸다. 그러나 이것저것을 떠나 더는 혼자 해외 생활을 하고 싶지

조드

않았다. 함께 살아줄 사람이 필요했다. 거기에 대한 보상은 충분히 해줄 수 있었다. 근영이라면 섹스를 요구하지도 않을 것이고 그래서 서로에게 피해 주지 않고 가족처럼 살 수 있을 것 같았다.

"난 이 일이 좋아. 오래 할 일이야. 나름 앞으로의 목표가 있다고. 이만하면 믿겠어?"

정색하는 준석에게 준기는 생각을 좀 해 보자고 했다.

"누나는 내게서 느껴지는 게 아무것도 없어요?"

"그러는 준석 씨는? 이 나이를 먹도록 여자가 혼자면 어딘가 문제 있는 사람인 줄 알아. 하지만 그런 사고방식이 문제 있는 거 아냐?"

두 사람은 서로의 주먹을 부딪치며 마주 보고 웃었다.

"하필이면 왜 나야?"

근영이 물었다.

"혼자 살기엔 집이 너무 넓어요. 누나도 안전지대가 필요하잖아요. 우리 가족이랑도 친하고."

준석은 잠시 망설이다가 마음속에 있는 말을 꺼내 놓았다.

"예전에 좋아하던 사람 있었어요. 여자 아니고……. 한인 사회라는 게 정말 좁아요. 나이 드니까 이제는 남의 눈을 의식하지 않고 편하게 살고 싶어요. 연애 코드가 남과 다른 거 말고는 제가 지극히 평범하거든요. 승진도 해야 하고."

이연주 소설집

"지금 상태는?"

근영이 물었다.

"놉."

"좋아. 서로의 성적 취향을 존중하기로 하고."

"콜."

"싫어지면 서로 참지 말고 말하기로 합시다."

결혼식은 근영의 부모가 없었으므로 하지 않았다. 준석의 부모는 친인척에게 준석의 결혼을 알리고 피로연을 열었다. 연애 없이 가족이 되는 기묘한 동거였다. 준석은 자기 옷 가방보다 더 큰 근영의 책가방을 끌고 울란바토르로 갔다.

결혼의 혜택은 사소한 것에서 시작되었다. 독신인 주재원을 향하던 복잡한 시선들이 사라졌다. 같이 산다고 해도 항상 얼굴을 맞대고 있는 건 아니어서 각자의 공간과 거리가 유지되었다. 근영이 공간의 주인이 되면서 집은 서서히 온기로 채워졌다.

울란바토르에 간 근영은 한동안 잠만 잤다. 퇴근한 준석이 문을 열면 그때 일어났다. 그런 근영을 준석은 잠자는 숲속의 공주라고 놀렸다.

"근영인 좀 어때?"

가끔 준기가 전화로 근영의 상태를 물었다.

"아직도 잠만 자. 얼마나 혹사당했으면 사람이 저래?"

"그만큼 힘들었을 거야. 잘해주셔."

겨울이 끝나갈 즈음, 긴 잠에서 깨어난 곰처럼 근영이 거실에 나타났다. 두 사람이 함께 있어도 준석의 생활 리듬은 그다지 변하지 않았다. 근영에게 회사에서 나오는 가족수당을 현지 화폐로 바꾸어 주었다. 그간 일어난 변화라면 혼자 먹던 밥상에 일 인분의 음식이 추가되는 정도였다. 서비스 아파트여서 가사에 큰 노동이 필요하지는 않았다. 준석은 요리하기를 좋아했고, 근영은 정리 정돈을 잘했다. 요리해도 준석 혼자였을 때는 버리는 양이 더 많았다. 사람이 둘이라는 건 음식 가짓수를 늘려도 된다는 의미였다. 근영의 앞에 놓인 그릇이 깨끗하게 비워지면 준석은 기분이 좋아졌다. 주말에 함께 장을 보고 새 그릇을 사기 위해 쇼핑했다. 이전에 살았던 외국 도시를 떠올리면 술집이나 바 말고는 기억나는 게 없었다. 그러나 울란바토르에는 박물관도 있고 오래된 왕궁과 브런치 카페, 탱기스 영화관이 있었다. 쉬는 날이 되면 두 사람은 도시 탐험에 나섰다. 준석의 눈에는 건축물밖에 보이지 않았지만, 근영은 그 안에 사람이 어떤 감정을 가지고 어떤 모습으로 살았는가에 대해 이야기했다.

6

눈이 얼어붙은 도로에서 갤로퍼는 미끄러지며 가다가 서기를 반복했다. 근영은 지평선 끝까지 하얗게 펼쳐진 설원과 다시 흐려지

이언주 소설집

는 하늘을 보았다. 머릿속으로 축축한 안개가 가득 들어차다. 윤차장은 흔들리는 창에 머리를 기대고 잠들어 있었다. 쓰고 있는 선글라스가 삐뚜름해졌지만, 깨우지 않았다. 투명한 창을 뚫고 들어온 햇살이 턱선을 따라 그늘을 만들었다. 얼마 전까지 은진의 속을 박박 긁어대던 남자가 저 사람이라는 사실이 믿기지 않았다.

근영이 은진을 알게 된 건 교민 잡지에 실린 글 때문이었다. 은진이 쓴 기고문을 보고, 사진으로 찍어 준석에게 읽어보라고 했다. 준석은 필자가 회사 동료인 상우의 아내라고 알려 주었다.

그녀의 약력에는 문화인류학 전공이라 씌어 있었다. 근영은 글을 쓴 정은진이란 사람을 직접 만나보고 싶었다. 잡지사를 통해 연락처를 알아내, 은진의 집 근처 카페에서 약속을 잡았다. 햇볕이 쨍쨍한데 빌딩 사이로 세찬 바람이 부는 날이었다. 수호바타르 광장 너머 국회의사당 건물에 게양된 몽골 국기가 세차게 펄럭였다. 근영이 도착했을 때 은진은 먼저 와 있었다. 테이블 위에 얹힌 몇 권의 책에 눈길이 갔다. 독자를 만난 은진은 흥분을 감추지 못했다.

주문한 차가 나왔다. 은진은 차분하게 각설탕이 담긴 작은 접시를 앞으로 당겼다. 찻잔을 입술에 댔다가 내린 그녀는 작가다운 면모를 보여주려는 듯 서두르지 않고 말을 꺼냈다.

"몽골인들이 늑대를 바라보는 시선에서 양가감정이 느껴져요. 미워하면서도 숭배하거든요. 증오하면서 떠받드는 시선이 참 재밌어요."

은진은 작가님이라는 호칭에 얼굴이 발그레해졌다. 그러나 십 분도 지나지 않아 말이 빨라지고, 의자를 근영 쪽으로 당겨 앉았다. 앳돼 보이는 은진의 얼굴에는 호기심이 가득했다. 그녀는 맥락 없이 몽골에서 보고 느낀 것들을 쏟아냈다. 초원을 달리는 야생마를 보는 듯한 기분 좋은 만남이었다.

"혼자 말을 너무 많이 했죠. 이런 말을 어디 가서 할 데가 있어야지. 수다를 한바탕 떨고 나니 숨통이 좀 트이는 것 같네요."

이제야 가면을 내려놓았다는 듯이 은진이 깔깔대고 웃었다. 최초의 독자를 만난 기념이라며 청동 나비를 선물로 꺼내놓았다.

"제가 만들었어요. 할 일도 없고 심심해서 시작했는데, 재밌어요."

손바닥 크기의 청동 나비는 박물관에서 보았던 촛대의 장식과 비슷했다. 근영은 나비를 손수건에 싸서 가방에 넣었다.

"공방 작가님이 여기서는 꽤 유명한 분이에요. 청동에 완전히 미쳤어요. 말도 없고 얌전한 사람인데 망치만 들면 다른 사람이 되는 거 있죠."

그 뒤로 가끔 근영은 은진과 유기 공방에 갔다. 달군 구리에 주석 한 조각을 넣고 가열하면 쇳조각은 가장자리부터 엿가락처럼 녹아들었다. 작은 도가니에 고인 쇳물을 판 위에 부어 식힌 다음, 납작해진 덩어리를 망치로 두드렸다. 공방 주인은 더, 좀 더 계속 두드리라며 재촉했다.

이언주 소설집

"청동기 유물이 아직도 남아 있는 이유가 뭔지 아세요? 그만큼 잘 두드렸기 때문입니다."

작가는 유창한 한국어로 설명했다.

"우리말을 잘하시네요."

울란바토르에서 회화를 전공한 작가는 이십 대에 한국으로 갔다. 안성 유기 공방에서 7년 동안 일한 그가 몽골로 돌아와 공방을 연 것이다.

"유기는 많이 두드릴수록 녹이 슬지 않아요. 보통의 녹은 쇠를 갉아먹지만, 어떤 녹은 쇠를 보호해요. 청동의 녹이 정말 그래요."

옆자리에서 은진이 쇳조각을 망치로 두드렸다. 쉬지 않고 이놈, 이놈 하는 소리가 들려왔다. 근영의 시선을 의식한 은진은 이러고 나면 부글부글 끓던 속이 좀 가라앉는다고 했다.

"도대체 그 이놈은 누구예요?"

근영이 웃으며 물었다.

은진은 알면서 왜 묻느냐고 했다.

근영은 그날 만든 펜던트를 어디에 두었는지 잊어버렸다.

'쇠를 갉아먹는 녹과 내부를 보호하는 녹'

시간이 지나도 녹이라는 단어가 남아 머릿속을 떠나지 않았다. 무료한 순간 몸에 살얼음처럼 번지는 녹이 느껴졌다. 호흡할 때마다 비늘이 빠지듯이 녹청이 사방으로 날리는 것 같았다.

은진은 수시로 안부 전화를 했다. 근영은 준석이 은진의 남편과

조드

같은 회사에 다닌다는 사실을 말하지 않았다. 딱히 감출 의도는 없었지만, 굳이 말하고 싶지 않았다.

"그 인간이 우기기 시작하면 못 말린다니까요. 잡아떼는 데 아주 선수예요."

은진은 남편에 관한 푸념을 자주 늘어놓았다.

"여기 와서 첫사랑을 만났다나 어쨌다나."

"그래서."

"생각과 달랐겠죠. 그러니까 서울로 돌아가겠다는 거지."

"괜찮아?"

"뭐가요?"

"다른 사람 만나는 거."

"이만큼 살았는데 어쩌겠어요. 신혼 때라면 헤어졌겠죠. 살다가 애가 생기면 역할이 바뀌잖아요. 아무리 죽고 못 사는 부부라도 부모가 되면 의리와 책임으로 사는 거죠. 안 그래요? 그래도 애들에겐 잘해요."

남들도 그렇게 산다는 말에 근영은 할 말이 없었다. 공감할 수 없는 이야기에 고개만 끄덕였다.

"남편을 보면 개와 늑대 어느 쪽인지 궁금하다니까요."

"그건 또 무슨 소리?"

"늑대는 평생을 일부일처로 산다잖아요. 암컷이 사람들에게 잡히면 수컷이 목숨을 걸고 따라간다네요. 그런데 들개요, 무리를

　　　　　　　　　　　　　이언주 소설집

위해 암컷이 죽으면 바로 새 배우자를 구해요. 재밌죠."

잠시 말을 끊었던 은진이 피식 웃으며 말을 이었다.

"어머니와 내게 동시에 무슨 일이 생기면…… 아마도 그 사람은 두 번 생각도 않고 어머니에게 쪼르르 달려갈 거예요."

"에이, 설마."

근영은 개와 늑대라는 말에 귀를 세웠다. 개는 말 그대로 개가 떠올랐고, 늑대는 음흉한 이미지였다. 엉뚱하게도 은진은 자신과 시어머니 사이에서 저울질하는 남편을 개와 늑대를 끌어들여 설명했다. 자신과 다르게 바라보는 시선이 흥미롭게 다가왔다. 결혼한 친구들 사이에서 대화에 끼지 못하고 자연스럽게 멀어졌던 일들이 떠올랐다.

은진에게 연락이 오면 근영은 편하게 만났다. 근영이 서울에서 책 만드는 일을 했다는 사실 하나만으로 가까이 지내고 싶어 하는 게 느껴졌다.

여름과 겨울 방학이 되면 울란바토르 교민들은 썰물처럼 빠져나갔다. 수흐바타르 광장은 물론이고 '서울의 거리'에는 관광객들만 눈에 띄었다. 유치원생부터 고등학생이 있는 집까지 아이들을 특례 입시 학원에 보내기 위해 서울로 돌아갔다. 은진도 여름방학 동안 대치동 학원 근처에 원룸을 구했다고 했다.

"파주에 본가가 있다고 하지 않았어요?"

"거기서 대치동까지는 너무 멀어요."

조드

은진은 아이들 때문에 본가에 들어갈 수 없다고 단호하게 말했다. 그런 문제로 남편과 심하게 다투었다는 말까지 했다.

"남편은 자기 말만 옳은 사람이에요. 남들은 생각이란 걸 할 줄 모르나 봐요. 어머니에게 그렇게 배우고 자라서 그래요."

한숨을 크게 쉬던 은진이 말꼬리를 다른 곳으로 돌렸다.

"여긴 왜 이런지 정말 이해할 수 없어."

은진과의 대화는 공식처럼 아이의 이야기에서 시작해서 남편, 시어머니 다음은 어울리는 사람들로 이어졌다.

"사람들이 뒤에서 수군거리는 거 다 알죠. 그걸 왜 모르겠어요. 그렇다고 나랑 전혀 맞지 않는 거 알면서 어울릴 수는 없잖아요. 여기 온 사람들 대부분 자기만 잘난 줄 알아요. 물론 잘난 사람도 많지만. 그런 사람들이 몰려다니며 시간을 죽이는 게 자신을 갉아먹는 거 아니에요? 언니도 그렇게 생각하죠?"

사람들과 다툼이 있을 때마다 은진은 감정을 억누르지 못하고 하소연했다. 근영은 은진의 말이 자신과 무관하다는 것을 알면서도 그 말이 자기에게 하는 소리처럼 들렸다. 그럴 때마다 얼레에서 멀어져가는 연을 떠올렸다. 기어이 연줄이 끊어지고 연이 날아가 버리면 연줄을 잡고 있던 사람들이 언제까지 자신을 기억할지 궁금했다.

찬 바람이 불고 거리엔 한국 사람들이 다시 많아졌다. 근영은 마

이언주 소설집

트에서 우연히 은진을 만났다. 한동안 보지 못한 그녀의 얼굴이 수척해져 있었다.

"어디 아팠어?"

근영이 걱정하며 물었다.

"일이 많았어요. 좀 바쁘기도 했고."

은진은 유기 공방을 그만두고 몽골어 학원을 알아보고 오는 길이라고 했다.

"학원은 왜?"

"애들 아빠가 서울로 돌아가도 난 그냥 여기 남겠다고 했었잖아요."

"괜찮겠어?"

"다들 그러고 살아요. 애들이 겨우 적응하고 잘 지내는데, 환경이 바뀐다면 얼마나 혼란스럽겠어요."

"자기는?"

"논술 교실이라도 할까 봐요. 뭐든 찾아봐야겠죠. 학비는 서울에서 가져와도 생활비는 여기서 어떻게 해야 하니까."

근영은 아이를 기르는 일에 있어서는 은진이 자신보다 더 어른이라고 생각했다. 은진이 말한 '남들'에 근영은 속하지 않는 사람이었다. 아이를 위해, 아이들의 미래만 바라보며 억척스럽게 살겠다는 그녀의 사정을 속속들이 알 수는 없었다. 다만 앞으로 은진이 자주 연락하지 않을 거라는 예감이 들었다.

사람마다 살아가는 방법과 목적이 같을 수는 없다. 삶이라는 한

조드

글자 안에 수도 없이 많은 길이 있을 뿐이다. 울란바토르에 온 후로 근영은 글에서 벗어나 글과 무관한 사람이 되려 애썼다. 새로운 언어를 배우는 일에 몰두했다. 하지만 글에서 떠난 자신은 숨만 쉬는, 죽어 있는 사람이나 마찬가지였다. 곳곳에 도사리고 있는 낯선 문자들. 낯선 환경과 호기심 가득한 시선을 피해 달팽이처럼 껍질 속으로 숨기에 바빴다. 사실은 그런 줄도 몰랐다. 은진을 만나면서 단단한 껍질 속에 웅크리고 있는 낯선 자기 자신을 보았다.

7

"우와."

잠에서 깬 윤 차장의 목소리에 근영은 정신이 퍼뜩 들었다. 유목민들이 설원에서 야생말을 몰고 있었다.

첫째 날은 작은 도시에서 밤을 보냈다. 오후부터 구름이 걷히고 하늘이 말끔해졌다. 하루를 달려도 도시다운 도시는 나타나지 않았다. 주유소가 나타나면 기름을 채우고 잠시 쉬었다. 고속도로는 밤늦도록 차가 밀렸다.

"무슨 차가 이렇게 많은지 모르겠어요."

창밖을 보던 근영이 말했다. 한 손으로 운전대를 느슨하게 잡은 니르구이가 조드 복구를 위해 고향으로 돌아가는 사람들이라고 대답했다.

이언주 소설집

"우리 현장에서도 인부들이 얼마나 빠질지 파악하는 중입니다. 하던 일도 때려치우고 고향으로 간다고 난리예요."

윤 차장이 덧붙였다. 겨울이 오기 전에 3공구 현장에 시멘트 타설을 끝내야 하는데 큰일이라며 걱정했다. 공사 기일이 늘면 공사비가 그만큼 늘어나기 때문이었다. 한동안 조용하던 윤 차장이 배를 슬슬 어루만졌다. 백미러로 그 모습을 본 니르구이가 도로에서 벗어난 곳에 차를 세웠다. 니르구이는 트렁크에 연료와 땔감을 충분히 준비했다고 너스레를 떨었다.

차에서 내린 근영은 스트레칭을 하며 목을 돌렸다. 코끝이 쨍한 차가운 공기가 가슴속으로 들어왔다.

니르구이가 익숙한 솜씨로 불을 피우고 여행용 솥을 걸었다. 그는 몸을 따뜻하게 하는 데는 허르헉만 한 것이 없다며 양고기를 데웠다. 누린내가 진동했다. 근영은 비위가 상해 음식에 손도 대지 못했다.

"뭐라도 좀 드셔야죠?"

니르구이가 걱정스러운 듯이 말했다.

"글쎄요, 생각이 없네요."

윤 차장이 외투 주머니를 뒤적거리더니 비상식량이라며 스니커즈를 꺼냈다. 근영은 초콜릿이 녹아 껍질에 달라붙은 초코바를 한입 깨물었다.

근영이 웅크리고 앉아 남은 불을 쬐고 있었다. 니르구이는 근영에

조드

게 차에 있던 모포를 건네주었다. 하늘을 올려다보았다. 이제껏 살면서 보았던 별의 숫자보다 더 많은 별이 저마다의 빛을 뿜어냈다.

"이 맛에 사람들이 몽골, 몽골 하는가 봅니다. 대단하네요. 쏟아부은 것 같아요. 준석이 무사하기만 하다면 세상에서 이보다 더한 풍경은 없을 텐데."

윤 차장은 가족끼리 언제 한번 같이 나오면 좋겠다고 했다.

"죄송합니다. 저 대신 준석이를 보내지만 않았어도……."

윤 차장은 자신의 업무상 바쁜 일로 준석이 대신해서 극기 훈련을 가게 되었다고 했다.

근영은 모르는 일이었다. 조직 생활을 하다 보면 있을 수도 있는 일로 받아들였다. 꼬박 하루를 차 안에 같이 있으면서 거의 말이 없었던 이유 같았다.

"대학 동기예요. 꽤 친했어요. 준기 형하고도 잘 알고……."

근영은 고개만 끄덕였다.

"이쪽으로 자주 나와 보셨어요?"

"아뇨."

근영이 고개를 가로저었다.

"의외네. 그럴 놈이 아닌데……."

모닥불을 사이에 두고 윤 차장은 말이 많아졌다. 불빛을 바라보는 그의 시선이 준석과 어울려 다니던 대학 시절로 돌아가 있는 것 같았다. 미팅에서 만난 파트너와 클럽엘 갔고, 게임에 빠져 중간

고사 재시험을 치게 된 사연. 준석이 들으면 펄쩍 뛸 지난 일을 늘어놓았다. 그것은 대화라기보다는 상우 자신과 나누는 독백처럼 들렸다.

"첫사랑이라는 거 있잖아요. 누가 그러는데 남자는 첫사랑을 잊지 못하고 여자는 마지막 사랑이 중요하다면서요."

상우는 극강의 추위 속에서도 불을 바라보고 있으니 흐물흐물해진다고 했다. 그런 자신을 이해할 수 없다며 첫사랑 이야기를 했다. 이미 은진에게 들은 바가 있어 근영은 소리 없이 웃었다. 외상 후 스트레스장애가 남았을 정도의 사랑이 어떤 것인지 궁금하기도 했다. 한편으로는 고립된 세상에서 길고 무료한 하룻밤의 부담을 덜어준 상우에게 감사하는 마음이었다. 어쨌든 윤 차장 덕분에 꽁꽁 언 긴장이 많이 풀어졌다. 그사이 화톳불이 조금씩 잦아들었다. 아지랑이를 피우며 파란 불꽃이 열을 안으로 다지는 모양이 쇠를 보호하려는 푸른 녹처럼 보였다.

근영은 조금 떨어진 곳으로 가서 준기에게 전화를 했다.

"시숙."

"왜 그래, 근영아. 이 시간에 무슨 일이야?"

자다가 놀란 목소리로 준기가 물었다. 근영은 지금 한국이 몇 시인지 잠깐 생각했다.

"놀라지 마. 준석 씨가 극기 훈련에 가서……, 조난됐어. 조드가 닥쳤어."

"찾기는 찾은 거야?"

"수색대가 먼저 출발했고, 나도 지금 가는 중이야."

"내가 갈까? 정확히 거기가 어딘지 말해 봐."

"됐어. 회사에서 한국인 직원도 같이 보내줬어. 윤상우 차장이라고, 너도 알겠네. 학교 때부터 친구라던데."

"누구, 지금 누구라고 했니?"

"윤. 상. 우."

준기는 말이 없어졌다.

다시 전화하겠다며 근영이 전화를 끊었다.

'그런데 나 있잖아…… 진짜 무서워. 다, 나 때문인 것 같아. 무서워 죽겠어.'

끊긴 전화기를 들고 근영이 말했다.

8

근영과 준기는 대학 신문사에서 처음 만났다. 학교를 졸업하고 근영은 여성 잡지사에서 사회생활을 시작했고, 서른이 되던 해 퇴직했다. 문예지 《봄》에서 편집일을 하던 준기가 회사를 인수하자고 근영을 설득했다. 《봄》은 한때 권위 있는 잡지였으나 경영난으로 이름만 남은 회사였다. 문예지 이름은 봄으로 그냥 가기로 하고 출판사를 '집 짓는 사람들'로 등록했다. 근영이 교열과 편집을 맡고

이언주 소설집

준기는 청탁과 영업을 나섰다.

　처음 몇 해는 그런대로 순조로웠다. 예전의 명성도 있었고 젊은 두 사람이 차세대 문단을 이끌어 가게 될 거라며 호평을 받았다. 예술위원회 지원금을 받는 동안 두 사람은 희망에 부풀어 있었다. 그러나 기금이 줄어들면서 지원금이 끊어졌다. 대학에 자리 잡은 준기는 가정이 있음에도 운영비를 댔다. 지인의 지인들이 신청한 정기구독 수입은 날이 갈수록 줄어 들었다. 오피스텔을 담보로 빌린 대출금이 바닥이 났다. 정간을 공고했다. 말로는 잠시였지만, 몇 번의 계절을 건너뛰고 해가 바뀌었다. 회생의 기미는 보이지 않았다. 집이며 사무실이던 오피스텔이 경매로 넘어갔다.

　그 무렵 근영은 처음으로 '결혼이라도 했더라면 생각해 보았다. 그렇지만 이성에게 감정을 느낄 수 없었다. 사랑은 고사하고 감정도 없이 결혼을 어떻게 할 수 있을까. 그럴 시간도 없었다. 그 사이 동업자인 준기는 결혼도 했고, 강의 전담 교수로 대학에 자리 잡았다. 막상 일이 사라지자 혼자 지옥으로 떨어진 기분이었다. 사랑과 결혼이 결국엔 실존에 관한 문제라는 걸 그때 비로소 깨달았다.

　근영은 준기에게 신촌 근처의 고시원을 알아보고 왔다고 했다.

　"나랑 가족이 되는 건 어때?"

　"미친 거 아냐?"

　근영은 어이없다는 듯이 핀잔을 주었다. 처음부터 준기가 하는 말을 농담으로 받았다. 하지만 준기는 진지했다.

145　　　　　　　　　　　　　　　　　　　　　　　　　조드

"비슷한 사람끼리 모여 사는 것도 나쁘지 않지."

"너희 형제 효도 행각에 나를 이용하려고? 우리 이러지 맙시다."

"내 동생이라서가 아니라 조건이야 그만하면 최고지."

준기는 근영에게 생각할 틈도 주지 않고 이때다 하고 밀어붙이기 시작했다.

"남자 말고 돈줄을 엮어 봐. 연애 감정은 인류애 하나만으로도 충분하니까."

근영은 반발했다. 그러나 당장 집이 필요했다. 비혼주의나 독신주의 같은 무슨 주의를 실천할 여력도 없었다. 지치고 무기력할 뿐이었다. 정답은 어디에도 없었다. 남자와 여자가 오로지 종족 보존을 위해 한집에 사는 시대는 지나갔다. 남자와 심심하게 늙는 것도 나쁘지 않을 것 같았다. 보편적 결혼이 아닌들. 상관없었다. 연애 감정을 강요하지 않는다면 누군가와 함께 살아볼 수도 있을 것 같았다.

준석은 살다가 불편해지면 언제든 헤어지자고 했다. 그 말은 공동생활이 계약 결혼 내지는 임시 가족이 된다는 뜻이었다. 근영은 서울이 아니어서, 한국을 떠날 수 있어 다행이라 여겼다.

"마음이 시키는 대로 그냥 즐기고 살아요. 애쓰지 않는 거. 그게 진짜 가족 아닌가?"

울란바토르에서 준석의 집은 투울강 근처에 있었다. 한국인이

이언주 소설집

많지 않은 곳이어서 근영은 오히려 마음이 편했다. 친구들은 낯선 나라에서 일 없이 견디는 그녀를 걱정했다. 거기서 뭘 하는 거야? 언제 돌아와? 근영은 그런 질문에 대답하기 힘들었다. 이름도 없는 행성에 떨어진 것만 같았다. 살면서 결혼하고 가정을 가진다는 생각을 거의 해보지 못했다. 살기 위한 방편으로 여기까지 왔지만, 어쨌든 새로운 가족이 생겨났다. 준석의 부모는 자상했다. 부담 주지 않으려는 배려에 근영은 미안함을 느꼈다. 언젠가는 본래의 자리로 돌아가리라는 생각이 변하지 않았기 때문이었다.

준석과의 공동생활에 곧 익숙해졌다. 준석이 토스트를 구우면 근영은 샐러드를 준비했다. 죽고 못 사는 애정을 나누는 사이가 아니니 격식 차릴 필요도 없고 목 주위가 늘어난 티셔츠를 입고 오누이처럼 모닝커피를 마셨다. 출근한 준석은 집에 돌아오기 전까지 하루에도 몇 번씩 전화했다. 부부라면 그렇게 해야 하는 것처럼 사람들과 느끼는 고충을 스스럼없이 털어놓았다. 근영은 안정과 풍요라는 단어에 길들어지고 있다고 생각했다.

"누나 많이 변했어요."

준석의 말에 근영은 고개를 끄덕였다. 준석과 함께 두 해를 보냈을 때 근영은 자신이 조금씩 살아나고 있다는 기분이 되었다. 안정의 욕구가 채워지고 나자 새로운 욕구가 꿈틀대기 시작했다. 은진과 마주하면서 예전에 하던 일을 떠올렸다. 시인들이 사방으로 흩어져 날뛰는 말을 몰아오면 울타리를 만들고 집을 짓는 일이었다.

세상에 같은 책은 한 권도 없었다. 좋고 나쁨을 떠나 책마다 다른 영혼을 가지고 삶의 향기를 뿜어냈다. 죽을 것 같은 기분에도 완성된 책을 보면 다시 일어날 힘이 생기고는 했다.

시간은 빨리 흘렀다. 그나마 내려놓지 않은 예전 습관이 있다면 아침마다 신간 서적을 검색하는 일이었다. 어느 날 동문인 P가 펀딩한 책이 나온다는 기사를 읽었다. 인터넷 서점을 돌며 출판사 서평과 댓글을 꼼꼼히 읽었다. 작품에 관한 관심보다는 P의 결혼에 관련된 사연이 세간에 떠들썩했었다. 근영은 그녀에게 전화하려다 그만두고 전자책을 주문했다. 일을 하고 있었더라면 그녀가 만들었을 책이었다.

마음속에서 뭔가가 무너져 내렸다. 그동안 무슨 짓을 하고 있었는지. 현실을 깨닫게 된 순간 견딜 수가 없었다. 몇 해 동안 아무것도 하지 않은 채 시간을 죽이고 살았다. 사람들에게 관심의 대상이 되지 않기 위해 피해 다녔다. 남편이 누구인지, 무슨 일로 외국 생활을 하는지 사람들에게 말하지 않았다. 카페와 마트마다 몰려다니는 한국인이 근영에게는 또 다른 외국인이었다. 오로지 조용히 사는 일에만 몰두했다. 서로의 관계를 훼손하지 않고 좋은 사람으로 남으려 애썼다. 타인을 자기 자신과 맞추기 위해 설득하고 타협하는 모습을 상상하면 여전히 온몸에 솜털이 일어났다.

어느 날 근영은 서울로 돌아가겠다고 했다.

"왜?"

이언주 소설집

"목수가 집 만드는 일을 해야지. 많이 쉬었잖아."

근영은 큰 의미를 두지 않고 준석을 따라 울란바토르에 왔던 것처럼 굳이 이유를 만들지 않고 한국으로 돌아가겠다고 했다. 준기에게도 농담처럼 이야기를 꺼냈다.

"잘 지내는 거 아니었어?"

다른 문제가 있는 건 아니냐며 준기가 물었다.

"아주 좋아. 그래서 더 모양 빠지기 전에 떠나려고. 더 눌러앉고 싶기 전에."

근영은 준기에게 하고 싶은 말이 정말 많았다. 구질구질한 낯선 감정에 대하여 '이제 돌아갈 때'가 됐다는 말로 대신했다.

그녀의 마음속에는 준석을 있는 그대로 지켜주고 싶었다. 그의 정체성을 누구보다 잘 알고 있으면서 네게 관심을 가지게 됐다고 말할 수는 없는 일이었다. 금기를 깨는 사람이 근영 자신이 되고 싶지는 않았다. 그래서 더 이상 묻지 않는 준기에게 감사했다.

주말 오후 데일리 마트에서 근영과 준석은 필요한 것들을 카트에 담아 왔다. 준석이 야채를 다듬는 동안 근영은 팬트리에 즉석식품을 정리했다.

근영이 거실로 돌아와 소파에 앉았다. 주방에 있던 준석이 몸을 빼며 근영을 향해 본사로 귀임 신청서를 냈다고 했다.

"일 년 더 연장할 생각도 해 봤는데, 여긴 너무 춥다. 여의도 가서 몸 좀 녹이고, 누나는 어디 가서 살고 싶어? 다음엔 우리 따뜻한 데로 가자."

근영은 너스레를 떠는 준석을 바라보았다. 준석이 거실로 나왔다. "언젠가 공방에 다녀온 적이 있었잖아. 그걸 어디에 뒀더라⋯⋯."

주위를 둘러보던 준석이 협탁 서랍을 뒤져 청동 펜던트를 꺼내 보였다. 펜던트는 푸르딩딩하게 색이 변해 있었다.

"그날 누나 웃는 모습이 참 예뻤다는 거 모르지. 자기가 그렇게 환하게 웃는 모습 처음 봤어. 저런 여자였구나 싶더라고. 뭔가 새로 운 일에 빠지려나 싶었는데 그건 아니었던 것 같고. 쇠를 갉아 먹는 녹과 보호하는 녹. 그 말이 계속 기억에 남더라고. 우리 사이가 그런 거 아닌가 싶어요. 서로의 상처를 서로 보호하고 있잖아. 난 누나랑 함께 사는 거 좋아요. 그냥 편해."

"다행이네."

"우리 같은 사람들도 없을걸? 누나가 우리 회사 동료들 사이에 서 보부아르 부인으로 통하는 거 알아?"

"어쩌다가?"

"해외 나와 살면 와이프 기분 맞추고 사는 게 장난 아니잖아. 말도 안 통하고. 외롭고, 애 키우기도 힘들고. 쩡쩡거리는 와이프에 비하면 누나는 천상계래. 사실, 회의하다가도 전화기 들고 뛰어나 가는 놈들 보면 왜 저러고 사는지 이해가 안 간다니까."

근영이 고개를 끄덕이며 소리 없이 웃었다. 그러나 속살이 말갛 게 들여다보이는 투명 테이프를 붙여놓은 상처를 생각했다. 마음

이언주 소설집

한 귀퉁이가 허전해지는 것은 어쩔 수 없었다.

"아참, 다음 달 초에 한 일주일 극기 훈련 가요. 한국 돌아가기 전에 고비를 둘러볼 좋은 기회예요."

그날 밤 근영은 한밤중에 방문 열리는 소리에 잠에서 깼다. 불도 켜지 않은 채 안으로 들어온 준석이 침대 머리맡에 앉았다. 잠결인 듯 뒤척이던 근영이 이불을 걷어찼다. 한참을 우두커니 앉아 있던 준석은 흐트러진 근영의 머리칼을 손가락으로 가볍게 빗다가 잠시 껴안았다. 그러고는 이마에 입술을 맞추고 일어섰다. 흐트러진 이불을 제대로 정리해 주고 돌아 나갔다. 가슴이 쿵쾅거리고 숨이 막힌 근영은 가늘게 코 고는 소리를 냈다.

9

새벽녘 잠이 든 대원들은 해가 중천에 떠오른 다음에야 일어났다. 밖에서 삽질 소리와 아이들이 떠드는 소리가 났다. 대원들이 문을 열고 뛰어나갔다. 눈이 부셔 제대로 뜰 수가 없었다. 지평선 끝까지 하얗게 뒤덮은 눈 위로 서리가 얼어붙었다. 전통 방한복으로 뚱뚱해진 아이들이 푹푹 빠지는 눈 위로 눈사람처럼 굴러다녔다. 먼저 나갔던 김 대리가 안으로 들어가 고글을 쓰고 나왔다. 눈은 무릎까지 빠졌다. 게르 옆에 세워둔 자전거도 눈에 푹 묻혀 있었다. 눈으로 포장하여 배송을 기다리는 이삿짐 같았다.

조드

준석은 바야르가 어디에 있는지 찾았다. 바야르의 가족은 가축 우리에서 눈더미를 퍼내고 있었다. 대원들이 힘을 보태 눈 속에 묻힌 가축들을 찾아냈다. 죽은 염소와 양이 집채만큼 쌓였다. 채 몇 시간도 지나지 않아 다시 주위가 어두워졌다. 순식간에 거친 바람이 휘몰아쳤다. 번개가 설원을 가로질러 내리꽂혔다.

다음날도 하루 종일 눈이 내렸다. 전기가 끊어져 램프로 불을 밝혀야 했다. 산악자전거로는 꼼짝도 할 수 없게 되었다. 폭풍설이 쏟아지는 사이 외부와 연결되는 통신망은 복구될 기미가 보이지 않았다. 바야르가 데리러 오지 않았더라면, 생각만 해도 끔찍한 일이었다.

대원들은 내색하지는 않았지만, 두려움으로 떨었다. 몽골 속담에 용사는 화살 한 발에, 부자는 한파 한 번에 끝장난다는 말이 있다. 두려움을 넘어 공포가 몰려왔다. 바야르는 조드로 가축을 반 이상 잃었다. 방목하던 야크를 모두 잃고도 자신은 운이 좋은 사람이라고 몽골인 특유의 웃음을 보였다. 친구들이 있어 그나마 살아 있는 가축을 구하게 됐다며 고마워했다.

드디어 눈보라가 멎었다. 하늘은 아무 일도 없었다는 듯이 푸른 염료를 쏟아놓은 듯 푸르게 빛났다. 대원들은 바야르를 도와 무너진 축사를 다시 세웠다. 대형 건설사에서 집 짓는 일을 하는 대원 다섯이 뚝딱 지어낸 축사를 본 바야르는 최고라고 치켜세웠다. 내년 봄 이곳을 떠나도 다음에 오는 누군가 다시 쓸 거라며 눈물까

이연주 소설집

지 글썽였다. 조드가 끝나면 새로운 영웅이 나타나는 법이라며, 그는 솔롱고에서 온 친구들이 영웅이라고 했다. 대원들은 자신들을 구한 사람이 바야르여서 진정한 영웅은 바야르라며 치켜세웠다.

자르갈이 어미 젖을 물리려고 송아지를 끌고 왔다. 게르 옆을 지나는데 머리 위로 눈덩이가 미끄러져 내렸다. 바야르가 득달같이 달려들었다. 송아지는 달아나고 두 사람 위로 눈이 쏟아졌다. 둘이 하나가 된 눈사람이 서 있었다. 비관적인 상황에서 행복하게 웃는 가족을 보며 준석은 진정한 가족이 무엇인지 생각하게 되었다.

사흘 밤을 보내고 새날이 밝았다. 여전히 통신망이 복구되지 않았다. 조난 신호를 보낼 방법이 없었다. 지금쯤 바깥세상에서는 난리가 났을 것이다. 추위에 바야르의 트럭이 방전되었다. 세상과 점점 더 멀어지는 기분이었다. 바야르는 말에게 건초를 넉넉히 먹였다.

"말이 기력을 차리면 욜링암으로 가봅시다. 아마 무슨 방법이 있을 겁니다."

바야르는 욜링암에서 푸르공을 빌릴 계획이었다. 푸르공은 초원에서 유용하게 쓰이는 러시아 밴을 개조한 차량이었다.

주말이 다가오면서 김 대리가 몸이 달아 조바심을 냈다. 내일은 떠날 수 있겠냐고 바야르를 따라다니며 물었다. 자전거를 타고 가려면 내년 봄에나 돌아갈 수 있을 거라고 바야르는 "마르가시"라며 대답했다. 대원들은 안달하는 김 대리에게 똥 마려운 강아지라고 놀렸다. 길이 뚫리고 빨리 돌아가고 싶은 마음은 모두 한마음이

조드

었다. 불안한 마음으로 어떻게든 시간 보낼 방법이 필요했다. 놀릴 때마다 발끈하는 김 대리가 희생양이 되었다.

진 차장이 여친 때문이냐고 놀리자, 옆에 있던 장 실장이 아니라 며, 아무래도 결정사에서 빼돌린 물건이 있는 모양이라고 했다. 사람들이 키들키들 웃었다.

"결정사요?"

말뜻을 알아듣지 못한 준석이 옆 사람에게 물었다.

"차장님이 한국 떠난 지 오래돼 잘 모르는 모양이네, 결혼 정보 회사요."

홍보실 장 실장이 알려주었다. 김 대리 사촌 누나가 결정사 매니 저라고 했다.

"아, 그 물건(件)"

이제야 이해했다는 듯이 준석이 고개를 끄덕였다.

"김 대리 여친 있다며?"

누군가 던지는 말에 김 대리는 여친과 맞선은 다른 차원이라고 대답했다.

텔레비전도 휴대전화도 쓸모가 없었다. 대원들은 낮에는 바야르를 돕고 밤에는 농담으로 시간을 보냈다. 사진이 취미인 장 실장은 대관령에 출사 나갔다가 영하 20도에서 전화기가 먹통이 됐던 이 야기를 했다. 태연한 척해도 모두 가족 걱정을 했다. 진 차장은 집에 생존 신고만 할 수 있다면 이대로 한 달쯤 머물고 싶어 했다. 누

이언주 소설집

구나 그런 마음이 아니었을까 싶다.

고비라는 단어를 떠올리면 '고립'이라는 말이 연상된다. 바야르는 고원을 지구의 한복판이라고 했다. 지구의 한가운데 있으면서 대원들은 여기가 세상의 중심인지 몰랐다. 오직 자신들에게서 멀어진 세계에만 관심을 두고 돌아가지 못해 발버둥 쳤다. 바야르의 중심은 고원에 있지만, 대원들의 중심은 가족이 있는 곳이기 때문이었다. 그러거나 말거나 바야르의 가족은 태평스러웠다. 여기가 세계의 전부라고 믿고, 이곳에서 태어난 가축들과 함께 앞으로도 계속 그렇게 살아갈 것으로 믿어졌다.

다시 날이 밝았다. 바깥의 소란스러운 소리에 잠이 깼다. 대원들은 점퍼를 입고 밖으로 나갔다. 바야르의 개가 알아보고 꼬리를 흔들었다. 비현실적으로 푸른 하늘에는 눈보다 더 흰 구름이 군데군데 몰려다녔다. 피부가 당겨질 정도로 여전히 차가운 바람이 불었다.

마당에는 늑대 한 마리가 주둥이와 다리가 묶인 채 누워 있었다. 날뛰는 개가 늑대를 향해 짖었다. 잠시 버둥거리던 늑대는 체념했다는 듯이 눈만 끔뻑거렸다. 바야르가 환하게 웃으며 다가왔다. 어젯밤 늑대가 염소 우리를 습격했는데 개들이 늑대를 잡았다고 했다. 그의 손에 총이 들려 있었다. 잡힌 늑대를 구경하러 온 마을 사람들은 바야르와 용감한 개를 칭찬했다. 밤에 잡힌 늑대가 암컷이어서 수컷이 반드시 찾으러 올 거라고 했다.

"첫사랑은 어땠어?"

여름휴가를 보내고 시드니에서 돌아오는 길에 근영이 물었다. 통로 건너편 비행기 좌석에서 백인 남자와 아시안으로 보이는 남자가 서로 기대 잠들어 있었다. 담요가 미끄러져 드러난 두 무릎이 기울어지듯 맞닿았다. 준석은 외면하려 해도 자꾸 신경이 쓰였다. 근영은 느낌으로 그 감각을 놓치지 않았다.

"첫사랑? 글쎄?"

눈길을 거둔 준석이 심드렁하게 대답했다.

"힘들고 고통스러웠어. 나이 들어 생각해 보니 정말 별것도 아니었는데."

"이야기해 봐. 궁금해."

근영이 턱을 괴고 준석의 얼굴을 바라보았다.

"사람들이 말하는 그런 감정 때문이 아니고…… 모멸감과 수치심 같은 거였어. 나한테 어떻게, 하는 마음이 가슴에 상처를 만들었던 것 같아."

"뭐야? 말도 못 해보고 그냥 차인 거야?"

"그런 건 아니고. 그냥 감정이 많이 상했다고 봐야지. 오해였을 수도 있고. 본래 더 좋아하는 사람이 을이잖아. 매몰차게 거절당하

　　　　　　　　　　　　　이언주 소설집

는 기분 처음이었거든. 알다시피 나름 순탄하게 살았잖아. 시험에 떨어져 보길 했나, 그때까지는 뜻대로 되지 않은 일이 거의 없었거든. 어떻게 해도 상한 자존심이 회복되지 않더라고. 누나는?"

"나야말로 짝사랑이지. 미친 듯이 매달려서 내 집인지 남의 집인지도 모르고 책을 만들어 놓으면, 주인이 나타나 안고 가버리잖아. 뒤도 돌아보지 않고 떠나."

허망한 사랑만 했다며 근영이 웃었다.

준석과 상우는 복학 후 마지막 학년을 같이 다녔다. 전역하고 나니 불과 몇 년 사이 캠퍼스에는 개인주의가 만연했다. 후배들은 복학생을 '쉰 세대'라며 밀어냈다. 수업이 없는 날에도 자연스럽게 두 사람은 세미나실을 지켰다. 고인 물이라는 인사를 들으며 후배들의 과제를 떠맡았다. 도긴개긴이었는데 그때는 그랬다. 방학 동안 두 사람은 신촌오거리에 있는 피트니스 클럽을 찾았다. 몸짱 열풍으로 날씨가 추워도 패딩만 벗으면 은근히 근육을 자랑하던 시절이었다.

준석은 탈의실 거울에 비친 상우에게서 눈길을 뗄 수 없었다. 그동안 상우를 내려다보며 정수리를 손가락으로 흩트리는 장난을 쳤다. 그만하라며 상우가 밀어냈지만, 싫어하는 기색은 아니었다. 상우는 좁은 골반에 비해 넓은 가슴으로 이어진 선이 역삼각형을 이루고 있었다. 준석은 자기도 모르게 상우의 가슴팍에 슬쩍슬쩍 손을 가져다 댔다.

준석은 복학하면서 감리사 자격시험을 빌미로 학교 근처에 원룸을 구했다. 피트니스 센터와 멀지 않은 집을 구하러 서대문구 일대를 뒤지고 다녔다. 준석보다는 오히려 상우가 더 열심이었다. 그때 상우는 파주에서 기차로 통학했었다. 누나만 넷인 집의 막내로 가족 중 유일한 남자였다. 독립은 꿈도 꾸지 못한다는 상우는 집이 서울 시내면서 원룸을 구하는 준석을 부러워했다.

그들은 학교 기숙사 뒤쪽 대신동 언덕에 있는 다세대주택 단지 원룸을 찾아냈다. 상우는 수업이 없는 날에도 도서관에 들렀다가 곧장 원룸으로 올라왔다. 공원 뒤편 숲길 언저리에 있는 집은 겨울이 되면서 눈이 쌓이면 잘 녹지 않았다. 다세대주택의 현관마다 쓰레기를 내어놓아 언제나 지저분했다. 골목이 좁아 거기까지 올라오는 차가 없었다. 방학이 가까워지며 빈집이 많아져 동네는 조용했다. 그들 말고는 세상이 호흡을 멈추고 잠들어 있는 것만 같았다. 준석은 상우와 함께하는 일이라면 뭐든 상관하지 않았다. 자격증 시험은 핑계일 뿐이었다.

입사 설명회에 기웃거리다가 돌아와 노트북을 나란히 붙여놓고 게임을 했다. 성에 차지 않으면 피시방으로 달려갔다. 〈던전 오브 파이터〉로 하얗게 밤을 불태웠다. 버스가 끊어지면 상우는 원룸으로 돌아와 해적판 영화를 보았다. 생일이 빠른 상우가 라면을 끓여 형님에게 대접하라고 하면, 준석은 더부살이하는 상우더러 끓이라

이언주 소설집

고 했다. 결국엔 뒤엉켜 한바탕 씨름으로 당번을 정하고도 서로 자기가 끓여주겠다고 티격태격했다. 가스레인지 앞에 나란히 서서 라면 국물이 끓어 넘칠 때까지 서로의 눈을 피하지 않았고 사소한 농담 하나에도 얼굴이 달아올랐다. 젓가락 전쟁을 하며 흡입하듯 라면을 먹어 치우고 이어폰을 귀에 꽂은 채로 잠이 들었다. 그러다 보면 날이 밝아왔다.

산 중턱에 있던 원룸은 웃바람이 셌다. 추워서 잠이 깼지만, 보일러 온도를 높이려 일어날 생각이 없었다. 준석은 묵직하게 가슴을 누르는 힘에 눈을 떴다. 겨드랑이를 파고든 상우의 머리가 코앞에 있었다. 스피커에 연결된 MP3에서는 무한 반복으로 그만하자, 그만하자는 아이유의 잔소리가 흘러나왔다. 숨을 들이마실 때마다 상우의 머리칼이 준석의 코끝을 간지럽혔다. 엷은 비누 향이 기분 좋았다. 준석은 상우의 머리에 손을 얹고 가만히 눌렀다. 잠결에 몸을 돌리며 상우의 머리가 준석의 겨드랑이 쪽으로 미끄러져 내려갔다. 몸을 돌려 모로 누운 준석이 눈을 감은 채로 상우를 껴안았다. 근육으로 단단한 살이 움찔거렸다. 누구의 것인지 모를 심장 소리가 느껴졌다. 준석은 주체할 수 없는 마음에 상우의 이마에 입을 맞추었다. 그 순간 자신들은 이미 친구를 넘어섰다는 것을 알았다.

숨길 수 없는 사랑의 시작이었다.

눈을 떴을 때 방은 잠들기 전 어질러 놓은 그대로였다. 집에 다녀오겠다던 상우는 며칠 동안 연락이 없었다. 길을 지나다가도 라벤더 향이 느껴지면 돌아보았다. 하는 일마다 실수 연발이었다. 조바심이 나서 참을 수 없는 하루하루였다.

준석은 인문학관 강사 휴게실로 준기를 찾아갔다.

"원서는 몇 군데나 보냈는데? 아직 연락이 온 데는 없지?"

준석은 힘없이 고개를 끄덕였다.

"그 썩은 동태 눈깔은 뭐냐?"

준석은 형 앞에서 자신의 감정에 관해 두서없는 이야기를 늘어놓았다. 형은 준석의 이야기를 침착하게 받아들였다. 준석의 감정이 일시적일 수 있다는 것. 굳이 보편의 틀에 자신을 가둘 필요는 없다고 했다. 소수자로 커밍아웃하기엔 아직도 이 사회는 벽이 너무 높았다. 형은 여러 방면으로 다양한 경험을 해보라고 충고했다.

면접시험 때문에 마지막 학기는 어쩔 수 없이 각자 바쁜 시간을 보냈다. 내무반에서 같이 생활하던 형식이 제대하고 찾아왔다. 신촌을 돌며 밤새 술을 마시고도 모자라 슈퍼에서 소주를 사 들고 원룸으로 돌아왔다. 형식은 안주 삼아 준석의 노트북에서 동영상을 찾았다. 준석이 말렸지만, 상우와 보던 영상을 찾아냈다.

술이 떡이 된 형식은 저 저 미친, 개 같은 자식들 욕을 하면서도 채널을 돌리지 않았다. 준석은 언제 잠이 들었는지 기억나지 않았다. 애정행각을 벌이는 커플은 보는 사람이 없어도 계속해서 사랑을 나누었다. 다음 날 아침 상우가 걷어차는 바람에 준석은 잠이 깼다.

상우는 눈길조차 주지 않았다. '더러운 새끼'라는 말만 내뱉고 문을 박차고 나갔다. 준석은 그 순간 세상이 무너지는 소리를 들었다. 날카로운 유리 조각으로 가슴을 도려내는 듯한 고통이 파고들었다. 준석은 상우가 없는 세계를 상상할 수 없었다.

한동안 준석은 도서관과 학생회관으로 상우를 찾아다녔다. 준석은 기다릴 수밖에 달리 방법이 없었다. 숨이 끊어질 정도로 러닝머신을 달리고 벤치 프레스를 들어 올렸다. 한 사람. 그 한 사람이 자신을 바라봐 주기를 그때만큼 바란 적은 없었다. 아무리 운동해도 근육은 오르지 않았고 상우도 나타나지 않았다. 그 고통을 무엇으로 말해야 할까. 상우가 자신과 상관없는 사람이 될지도 모른다는 생각이 들면 심장이 오그라드는 것 같았다. 얼음 창에 찔리는 듯한 아픔이었다. 오해를 해명할 기회라도 있었더라면.

D그룹 최종 합격자 발표가 있었다. 중앙도서관에서 결과를 확인한 준석은 안도하는 마음이 생겼다. 상우의 합격도 확인했다. 시간이 흐르면 두 사람의 관계는 다시 좋아질 거로 기대했었다. 집으로 돌아오는데 4층 자신의 방에 불이 켜져 있었다. 준석은 숨도 쉬지 않고 계단을 뛰어올랐다. 현관문을 열었을 때 상우의 신발과 여자 신발이 눈에 들어왔다. 보란 듯이 놓인 신발 때문에 준석은 말없이 돌아 나올 수밖에 없었다. 상우에게 자신은 아무것도 아니었다는 사실을 깨달았다. 처음부터 아무것도 아니었고, 시간이 흐를수

조드

록 점점 더 아무것도 아니었다. 어떻게 나한테……

준석은 원룸을 정리하고 집으로 돌아갔다. 방을 뺀 후에도 대신동 언덕을 서성거렸다. 그가 살던 원룸에 다른 사람이 살았고, 그를 알아볼 만한 사람도 없었다. 그런데도 종로나 피맛길에서 회식이 있는 날은 발길이 저절로 원룸이 있던 곳으로 향했다. 인적이 끊긴 한밤, 도로는 침묵과 어둠으로 황량했고 뙤약볕이 내리쬐는 날에도 혼자였다. 떠나간 사람들이 버린 냉장고가 문짝이 떨어진 채로 벽에 기대 있었고, 바퀴 빠진 의자들이 비에 젖고 있었다. 느낌은 언제나 황량했다.

그러던 어느 날 사내 게시판에 상우의 결혼 소식이 올라왔다. 잠수 이별은 환승 결혼으로 이어졌다. 준석은 말이 통하지 않은 다른 세상으로 떠나기로 결심했다.

해외 지사 근무를 지원했다. 휴가가 되면 한국에서 먼, 미지의 세계로 여행했다. 뜨거운 태양과 화려한 밤들이, 낯선 장소들이 점점 익숙해지고 흥미를 잃어갔다. 하룻밤 타오르다가 꺼지는 욕망이 차츰 심드렁해져 갔다. 준석은 무엇이 그토록 자신을 궁지로 몰아넣었는지 생각했다. 상우 때문이었다. 거절당하고 버려졌다는 열패감.

그게 그렇게 화를 내고 상처를 주고받을 일인가?

준석은 깨달았다. 상우를 찾으러 다니면서 먼저 전화하거나 문자 한번 보내지 않은 자신을 이해할 수 없었다. 시간이 흐르다 보니 그마저도 의미가 없어지고 말았다. 상우와의 관계는 처음부터 다가갈수록 외로워지는 관계였다. 내일이 없는 사이였다. '더러움'이라는 한마디에 파국을 맞을 정도로 살얼음 위를 걷는. '더럽다'와 반대되는 의미는 무엇일까? 자기는 또 얼마나 순결하다고. 배신은 또 뭐란 말인가. 좋아한다는 이유로 사람을 벼랑 끝으로 내몬 사람이 누구인데.

짓밟힌 순수는 상처받기 전으로 돌아가지 못할뿐더러 회복되지 않았다. 무시당하고 조롱받았다는 모멸감이 자신을 괴롭혔다. 그래서 십 년이 넘도록 상우와 모르는 사람처럼 지냈다. 만남의 싹을 자르기 위해 해외 지사로 돌았다. 그런데 상우가 울란바토르에 나타났다. 무슨 이유에서인지 준석을 보고도 알은체하지 않았다.

<h2 style="text-align:center">11</h2>

근영은 니르구이에게 어디로 가야 하는지 물었다. 차강소브라가로 가서 반경 50km 내 게르 촌을 수소문할 거라고 했다. 그 전에 수색대가 그들을 찾을 거라고 장담하기도 했다. 하지만 준석에게서 연락이 끊긴 지 나흘이 지났다. 길이 막히는 탓에 차강소브라가까지는 아직도 200km 이상 남아 있었다.

옆자리에서 상우는 말 없이 뉴스를 찾았다. 그렇지 않아도 늦은 인터넷 속도는 차 안이라 더 느렸다. 상우의 옆얼굴에 짜증이 묻

조드

어났다. 한파 재난으로 초원은 눈으로 뒤덮였고, 수도 가까운 곳의 피해지 주민을 찾아가 상황을 보도하는 기사뿐이었다. 중부 내륙에는 통신망마저 끊긴 모양이었다. 소실점을 향해 거북이걸음을 하는 차량 행렬은 가도 가도 줄어들지 않았다.

상우는 몸을 의자에 붙은 채 눈을 감고 있었다. 근영은 피로와 짜증으로 일그러진 상우의 얼굴을 보며 미안한 마음과 고마운 마음이 들었다. 이 막막한 설원으로 그를 끌고 온 것은 책임보다 동료애나 옛 친구로서의 의리가 아닐까 싶었다.

사람을 잇는 끈끈한 관계라는 것은 알다가도 모를 일이다. 설원을 지나오며 상우가 흩뿌려 놓은 정보를 요약하면 간단했다. 본사 사고 대책 본부에서는 구조를 현지 법인에 떠맡겼고, 수색 인원을 구하려 해도 갑자기 밀어닥친 한파에 고원으로 가겠다는 사람이 없었다. 그는 시정부와 관계자들을 찾아다니며 지원을 요청했다. 그러다가 저녁 늦게 한국 식당에 들러 폭음했다. 자정이 넘어 만취한 상태로 침대에서 곯아떨어져서는 새벽에 뛰쳐나왔을 테니.

근영은 잔소리하는 은진의 모습이 눈앞에 그려졌다.

"저는 선배님이 사막까지 준석이를 직접 찾으러 나설 줄은 몰랐어요."

자는 줄 알았던 상우가 말했다.

"언젠가 국영 백화점에서 두 사람이 함께 쇼핑하는 걸 본 적이 있어요. 기분이 이상해지더라고요. 선배님과 준기 형이 아주 친한 사이라고…… 준석이와 결혼까지 할 거라고는 상상하지 못했어요."

근영은 상우가 하는 말을 이해할 수 없었다.

"무슨…… 뭔가 오해하시는 것 같아요."

근영은 자기도 모르게 표정이 굳었다.

"별 뜻은 없어요. 그냥 그랬던 것 같아서."

상우가 말끝을 흐렸다.

대화가 끊어진 두 사람은 서로 다른 방향의 창밖을 내다보고 있었다. 여전히 차는 도로 위를 엉금엉금 기어가듯 움직였다.

"옛날에 기숙사 뒤쪽 봉원사 가는 길 아시죠?"

"……"

근영은 창밖을 내다보며 학교 뒷산에 있던 원룸을 떠올렸다. 무슨 일로 바빴는지 기숙사 입주 신청을 까먹는 바람에 거기서 1년을 살았던 기억이 났다.

"준석의 원룸이…… 거기 있었어요."

상우는 준석이 자격증 시험을 앞두고 집에서 나와 원룸에서 지냈다고 했다. 대치동에서 통학 시간이 길다는 이유로 독립을 고집했다. 근영의 동기들 가운데도 그런 친구가 여럿 있었던 걸로 기억돼 별로 이상하게 생각하지 않았다.

"뭐라고 해야 하나? ……우리 집은 여자들만 득실대는 찢어지게 가난한 집이었어요. 그러니 내게는 거기가 특별한 곳이었지요. 숨쉬는 공기부터 달랐으니까."

"정말 친했나 보네요."

"그랬을 거예요. 아마도."

상우는 먼 옛날을 추억하는 표정으로 창밖을 내다보다가 고개를 돌렸다.

"아직도 이유를 모르겠어요. 우리가 헤어진 이유를."

근영은 '우리가, 헤어진'이라는 단어에 생각이 멈췄다. 남자 대학 동기 사이에 흔히 쓸 말은 아니었다. 학교 근처에 살면 친구끼리 들락거리는 일은 흔했다. 공부는 핑계고 대부분은 게임과 밤마다 이어지는 술판으로 부모 시선에서 벗어난 광란의 탈출구였다. 시도 때도 없이 들이닥치는 동기들이 싫어서 학교 근처 원룸에 산다는 것을 비밀로 한 적도 있었다.

"거긴 우리 둘만 존재하는 공간이었어요. 내가 먼저 그 룰을 깨긴 했어요."

상우는 그해 가을 어머니가 사고를 당했다고 했다. 벼를 수확하던 논에서 콤바인에 부딪혔다. 작은매형이 어머니를 병원으로 데려왔다. 준석과 함께 학과 사무실에서 입사지원서를 받아오던 상우가 병원으로 달려갔다. 수술이 끝나고 넷째 누나가 병실을 지켰다. 그러다가 누나를 데리고 준석의 원룸으로 갔다고 했다.

"밖에서 문을 여는 소리에 설핏 잠이 깼어요. 너무 피곤했기 때문에 다시 일어나지 못했는데. 그게 다예요."

근영은 상우가 들려주는 이야기의 맥락을 찾을 수 없었다.

"그런데요?"

"그날 이후 준석이가 날 외면했어요. 왜 그러는지 이유는 끝내 말하지 않고서요. 그럴 녀석이 아닌데, 어떻게 나한테 그럴 수 있는 지…… 그래서 더 견딜 수 없었어요. 전화도 받지 않았어요. 꺼림 칙한 게 있긴 했지만, 그때 제 상황이…… 뭐가 잘못됐는지 생각할 겨를도 없었고, 수업이 끝나면 어머니 병실로 달려가야 했죠. 면접 도 보러 다녀야 했고 어머니가 퇴원하는 날 D그룹에 취업이 확정 됐어요. 준석이도 합격했고. 언덕 위에 그 집으로 갔는데, 우리들의 방이 없어졌더라고요."

그날 이후로 상우는 준석과 예전처럼 어울리지 못했다. 졸업을 앞둔 시기에 큰누나 아들이 학폭 문제가 생겨 해결하러 다니며 방 학이 되었고 자연스럽게 멀어졌다. 준석이 새로 사귄 무리와 학식 을 먹거나 PC방을 다니는 걸 바라보기만 했다. 어쩌다 마주쳐도 눈길을 주지 않는 냉랭한 표정에 너 같은 놈은 아무것도 아니라고 똑같은 표정을 날렸다.

"왜 그랬나 모르겠어요. 자존심이 상했었나 봐요. 서운하고 억울 한 만큼 똑같이 무시하기로 했어요. 준석이네 집이 뭐 그리 대단한 것도 아니고, 나보다 형편이 좀 낫다는 정도였는데. 다른 회사로 갈 까도 생각했지만, 그럴 필요도 없겠더라고요. 사는 게 정신없이 바 빴으니까."

근영은 상우가 하는 말을 이해하지 못했다. 준석과 상우 두 사

조드

람이 친했구나, 정도로 받아들였다. 그러다 퍼뜩 은진이 했던 말이 떠올랐다. 울란바토르에 와서 은진의 남편은 첫사랑을 만났다고 했다. 심장이 뛰는 소리가 귓가에까지 올라와 울리는 기분이었다. 설마, 하는 심정으로 마음을 가다듬었지만, 손끝이 떨려왔다.

"준석이가 해외로만 떠돌아서 만날 일도 없었고 점점 더 멀어져 갔어요. 그래도 그 녀석이 어디에 가 있는지 늘 지켜보고 있었죠. 해외 인사를 총괄하고 있었으니까요."

상우의 일그러진 표정은 금방이라도 울음이 터질 것 같았다. 오히려 근영이 그의 어깨를 어루만지며 다독이기라도 해야 할 상황이었다.

근영은 자기도 모르게 니르구이의 표정을 살폈다. 웬만한 한국 말을 다 알아듣는 그였다. 순간 난감했다.

"니르구이, 저기서 잠시 쉬었다 가요."

근영은 이마에 손을 얹고 차를 세우라고 했다. 룸미러로 뒷자리를 흘깃 본 니르구이가 갓길에 차를 세우고 밖으로 나가 불을 피웠다. 차 안에는 근영과 상우 두 사람만 남았다.

상우는 창밖의 니르구이에게 시선을 두고 말을 이어갔다.

아이가 초등학교 입학한 후로는 은진에게 들은 이야기와 거의 비슷했다. 은진은 아이를 조기 유학을 보내고 싶어 어학원을 알아보고 다녔다고 했다. 몇 년이라도 시댁에서 벗어나고 싶어 남편하고 상관없이 애만 데리고 떠날 작정이었다고.

이언주 소설집

은진은 사촌 언니가 있는 자카르타로 가서 논술을 가르치겠다며 여러 개의 자격증을 땄다. 때마침 회사에서 몽골 경영지원 팀장의 해외 근무가 끝나는 시기였다. 준석이 있는 곳이라 상우는 많이 망설인 모양이었다.

"그래도 집사람에게는 할 만큼 했어요. 원하는 대로 애들은 국제학교에 보냈고, 가정부까지 구했잖아요. 그만하면 결혼 전에 손에 물 안 묻히게 해 주겠다는 약속도 지킨 거지요."

상우에게 은진은 가족일 뿐이었다. 말 그대로 같이 자식을 키우고, 부모와 집안의 대소사나 챙기는.

"이런 이야기를 하는 제가 미친놈으로 보이죠. 저도 왜 이러는지 모르겠어요. 미칠 것만 같아요."

두 손으로 얼굴을 감싸고 있던 상우가 손바닥으로 얼굴을 문질렀다.

"현장 사무소에서 봤어요. 준석이 파티션에 걸린 가족사진. 부모님 뒤에 가족들이 둘러서 있는데 기분이 이상하더라고요. 나는 도저히 끼어들 수 없는 완전체라는 거구나, 그리고 얼마 후에 국영백화점에서 두 사람을 봤어요……."

은진의 말로는 남편이 울란바토르에 온 후로 이유를 알 수 없는 두통을 앓았고 짜증이 심해졌다고 했다. 의사는 스트레스 때문이라며 운동 처방을 했다.

얼떨결에 듣게 된 상우의 이야기는 근영에게 전혀 현실감이 없

조드

었다.

"제가 들을 이야기는 아닌 것 같은데요."

근영은 상우의 말을 도중에 끊고 싶었다. 언젠가 준석에게 상대가 여자만 아니면 된다고 했었다. 법적으로 자신의 존재를 위협하는 여자만 아니라면 누구라도 상관없다고. 그런데 아니었다.

준석이 실종된 마당에 속마음을 쏟아내는 상우의 의도를 알 수 없었다.

오히려 불길한 예감이 가슴을 옥죄어왔다.

"그 사람에게 내가 모르는 무슨 일이 생긴 건가요?"

근영은 어금니가 자꾸 부딪쳐 이를 물었다.

"정말 죄송해요. 제가 왜 이러는지 모르겠어요."

상우가 끅끅 소리를 내며 울음을 터뜨렸다.

"준석이가 잘살고 있다고 생각하면 어쨌든 살아갈 힘이 생겼어요. 내가 더 잘사는 걸 보여주려고. 차라리 보지 않았으면 좋았을 텐데…… 자꾸 눈에 띄니까 미칠 것 같았어요. 마누라 목소리는 커지지, 머리는 아프고. 돌파구를 찾으려 극기 훈련을 신청했어요. 훈련 날짜에 맞추어 업무상 미팅 날짜도 미리 조정도 해놓고 말입니다."

"그래서요."

"준석일 보니까 갑자기 옛날 생각이 훅 치고 올라왔어요. 십 년 만에 처음으로 말을 트게 됐어요. 준석이가 아무 일도 없었다는

이언주 소설집

듯이 말을 받더라고요. 그렇게 긴 시간이 흘렀는데, 시간의 간격이 느껴지지 않았어요. 신기하게도. 내가 좀 바쁘다고 말했더니 두 말도 하지 않고 절 대신해서 극기 훈련엘 가겠다고……"

근영은 어이가 없기도 하고, 무슨 말을 해야 할지 도무지 갈피를 잡을 수 없었다. 아무리 애를 써도 굳은 얼굴이 풀어지지 않았다. 니르구이가 뜨겁게 내린 커피를 들고 왔다. 상우의 눈가가 붉게 달아올라 얼른 고개를 돌렸다. 두 사람 사이를 응원하지도 비난할 처지도 못 되는 자신이 어이없었다. 상우의 고백을 준석이 듣게 된다면. 그러나 근영을 계속 따라다니는 의문은 다른 것이었다. 무엇 때문에 상우가 하는 말들에 매달리고 있는지.

차들이 서서히 앞으로 움직이기 시작했다. 차는 지평선을 향해 끝없이 달렸다. 눈이 부셔서 뜨고 있기 힘들었다. 곧게 뻗은 도로 끝 하늘과 맞닿는 지점에 하나의 점을 바라보았다. 근영은 이마에 손을 얹고 눈을 감았다. 은진이 자기 남편을 늑대와 개에 비유하며 어느 쪽일지 알고 싶다고 했었다. 은진은 하나만 알고 둘은 몰랐다. 상우가 들개가 아니고 늑대였다는 사실을. 주위 시선이나 체면과 상관없이 울부짖으며 재난 현장 한가운데로 달려가고 있었다. 이런 상황에서도 근영은 준석이 무사하기만을 바라고 또 바랐다.

12

밤이 깊어질수록 추위가 몰려왔다. 창문이 닫혀 있는데도 찬바람이 들어와 몸이 떨렸다. 니르구이는 차 안의 온도를 좀 더 올렸다. 고비로 떠나기 전에 준석에게 주려다 잊어버린 목수건이 생각났다. 실내등을 켜지 않은 채로 가방에 손을 넣어 더듬었다. 포장도 뜯지 않은 고디바 초콜릿이 손에 잡혔다. 은진이 서울에 다녀오며 사다 준 초콜릿을 까맣게 잊고 있었다.

상우를 돌아보았다. 그는 턱을 괴고 차창 밖에 시선을 던지고 있었다. 희끔한 눈밭 말고는 아무것도 보이지 않았다. 만약 은진이 여기 함께 있다면, 무슨 이야기를 나눌지 생각했다. 궁금하지 않은 척하면서도 궁금했던 남편들의 첫사랑이 서로의 남편이라는 사실을 어떻게 말로 할 수 있을까.

작품집을 만들 때 근영에게로 넘어왔던 시와 소설들을 떠올렸다. 하나같이 작가의 책상을 오래전에 떠난 옛사랑이었다. 근영은 몇 광년을 넘어온 듯한 사랑을 독자에게 전달했다. 목차를 정하기 위해 사랑의 무게를 저울에 올렸다. 언젠가 준석은 더 많이 사랑하는 사람이 을이라고 했다.

몸을 떠는 근영을 위해 니르구이가 슬리핑백을 꺼내왔다. 근영은 의자 등받이를 뒤로 젖히고 슬리핑백 속으로 들어갔다. 안에서

이언주 소설집

지퍼를 채우고 준기에게 전화를 했다. 준기의 목소리를 듣는 순간 눈물이 쏟아졌다.

"나 때문에 망한 것 같아. 내가 돌아가겠다고 말하지만 않았어도 그 사람은 고비로 가겠다고 나서지도 않았을 거야……."

근영은 몸을 웅크리고 조금 더 울었다. 준석이 실종되었다는 소식을 듣는 순간 근영은 완전히 좌절에 빠졌다. 출판사가 문을 닫았을 때보다 더 숨이 막혔다. 그가 없는 세상을 상상할 수가 없었다. 이제 준석이 없으면 안 된다는 사실을 깨달았다. 조드가 아니라 더한 재난이 온다 해도 그가 있는 곳으로 찾아가야 했다.

준석이 극기 훈련을 떠나기 전에 두 사람 사이에 '쇠를 보호하는 녹이 두터워졌으면……' 하고 말하던 순간을 떠올렸다. 그래서 사랑이 뭔지 생각했다. 쇠는 두드릴수록 녹이 슬지 않는다고 했는데. 옆에서 고개를 꺾고 다시 잠이 든 상우를 바라보았다. 준석의 아내인 근영 자신을 따라 준석을 찾으러 가는 상우의 마음은 또 어떤 것일까. 도무지 이해할 수 없었다.

근영은 유리창에 낀 성에를 손바닥으로 닦았다. 동이 트고 있었다. 고속도로 위로 천천히 움직이는 차량 브레이크 등이 꼬리에 꼬리를 물고 회색의 장막 속으로 빨려 들어가고 있었다. 전조등 불빛으로 눈송이들이 빙글빙글 맴돌다 흩어졌다.

그때 전화벨 소리가 요란하게 울렸다. 자다 놀란 니르구이가 허둥지둥 전화를 받았다. 휴대전화에서 알아듣기 힘든 왁자한 목소리가 쏟아져 나왔다. 니르구이가 고개를 돌리며 소리쳤다.

"찾았대요! 수색대가 대원들을 찾았어요."

바로 그 순간 근영의 휴대전화도 울렸다. 푸른 불빛이 반짝이는 수신 버튼을 눌렀다. 준석이었다.

"누나,"

순간 화면이 멎었다.

근영이 재발신 버튼을 눌렀다.

"누나, 근영아!"

몽골의 전통 방한복을 입은 준석이 근영이 더러 당신이 왜 거기 있느냐고 소리 질렀다.

상우가 멍한 표정으로 몸을 일으켰다. 근영은 눈물이 차올라 흐릿한 시야로 화면을 향해 손을 흔들었다. 상우가 근영을 밀치듯 다가와 화면을 들여다보았다.

그 순간 준석의 등 뒤로 무거운 장막처럼 밀려오는 구름을 보았다. 회색 구름 덩어리가 하늘인지, 다시 몰아치는 눈발인지 구분되지 않았다. 화면은 끊겼다 이어지며 파도처럼 흔들렸다. 준석의 얼굴이 사라졌다 나타났다. 쿵, 하고 근영은 가슴이 내려앉는 것만 같았다. 그녀는 숨조차 제대로 쉴 수 없었다. 희망과 두려움이 한꺼번에 밀려들었다.

상우는 한동안 화면을 노려보다가 천천히 고개를 떨궜다. 밖에

이언주 소설집

서는 여전히 차량이 느릿하게 움직이고 있었다. 전화기에서는 더 이상 아무 소리도 들리지 않았다. (*)

파랑주의보

해수의 집은 빅토리아 피크로 오르는 산 중턱에 있었다. 나는 야외 에스컬레이터를 타고 정상 가까이에서 내렸다. 백 미터쯤 떨어진 곳에 오래된 아파트가 보였다. 정문을 지키는 경비에게 해수가 보낸 문자를 보여주며 E동이 어딘지 물었다. 경비는 정원 가운데 길로 따라가다가 분수가 나오면 왼쪽 계단으로 올라가라고 했다. 망고나무와 반얀트리 정원수 사이로 난 길은 이끼가 덮여 밟을 때마다 발이 미끄러졌다. 반쯤 열려 있는 E동 출입구 철문을 지나 2층으로 올라가자 다시 긴 복도가 이어졌다. 207호는 복도 맨 끝에 있었다. 현관에 207에서 숫자 7이 떨어져 나갔고 현관문은 부적을 뜯어낸 흔적으로 지저분했다.

"오셨어요?"

인기척을 느꼈는지 해수가 문을 열었다. 밖으로 나오지는 않고 현관 앞에 벗어둔 신발을 딛고 서서 고개만 내밀었다. 저절로 그녀의 맨발에 눈길이 갔다. '당신과는 결이 좀 다를 거야'라고 하던 남편 말이 떠올랐다.

좁은 거실에는 앉을 자리가 없어 보였다. 한가운데 식탁이 덩그러니 놓여 있고, 의자 위에는 옷가지가 아무렇게나 쌓여 있었다. 바깥의 큰 나무들이 발코니 창을 가로막고 있어 낮인데도 집이 어두웠다. 해수는 내게 방으로 들어가자고 했다. 온수 매트가 깔린 방은 바닥이 따뜻했다.

"차를 좀 내올게요."

해수가 방문을 열어둔 채 부엌으로 갔다. 싱크대 앞을 서성이던 그녀는 서랍에서 담배를 꺼내 불을 붙였다. 한 대를 다 태운 해수가 수도꼭지를 틀어 불씨를 껐다. 열린 부엌 쪽문으로 습한 열기가 몰려들었다. 나는 다른 곳으로 시선을 돌렸다. 벽에 걸린 가족사진이 눈에 들어왔다. 청바지와 흰 셔츠로 맞춰 입은 세 사람이 턱을 괸 채 웃고 있었다. 오누이처럼 보이는 스냅사진을 보며 병모가 부탁하던 말이 떠올랐다.

해수는 내가 가지고 간 과일과 차를 내왔다.

혹시 좋아하실지 몰라서요, 말끝을 흐리며 찻잔 옆 라임 조각이 담긴 작은 접시를 내 앞으로 밀었다.

나는 찻잔을 들고 천천히 방을 둘러보았다. 서랍장 위에는 해수와 아들이 다정하게 웃고 있는 작은 액자와 스노 글로브가 가지런하게 놓여 있었다. 삼십 대 초반으로 보이는 그녀에게 중학생 아들이 있다는 사실이 놀라웠다.

내 눈길을 의식했는지 해수는 결혼을 좀 일찍 했다고 묻지도 않은 대답을 했다. 현관문 여는 소리를 들은 해수가 밖으로 나가 아들을 데리고 들어왔다.

"인사드려, 경준 아저씨 아줌마셔. 아빠 고등학교 선생님이시고."

아이는 제 엄마보다 키가 한 뼘은 더 커 보였다. 고개를 까딱하더니 아빠의 옛날 선생님이란 소리에 신기한 듯 나를 보았다. 교복을 입은 모습이 예전의 병모를 보는 듯했다. 차를 마시는 동안 해수의 시선이 자꾸 문 쪽으로 향했다. 아이가 신경 쓰이는 모양이었다.

필요하면 언제든 연락하라며 나는 자리에서 일어났다.

TV에서 장국영 추모 영화가 방영되고 있었다. 남편은 영화로 중국어를 배울 정도로 홍콩 영화 사랑이 각별했다. 나는 남편의 무릎을 베고 누워 해수네 집에 다녀왔다고 했다. 남편은 별 반응을 보이지 않았다. 내가 너무한 거 아니야? 라며 볼멘소리를 했다. 그는 뭐가, 라며 오히려 반문했다.

"예전에 둘이 친하지 않았어?"

내 기억으로는 고3이던 시절 경준과 병모가 곧잘 어울려 다녔

　　　　　　　　　　　　　　이언주 소설집

다. 남편 경준은 병모가 복학한 뒤 여자 친구가 생기면서 자연스럽게 멀어졌다고 했다.

나는 병모가 새로 이사 간 집이 문제가 많아 보인다고 말했다. 미드 레벨 에스컬레이터 근처라 아이의 교육환경에 적합하지 않더라고. 미드 레벨 에스컬레이터는 홍콩 느와르 영화에 나오면서 세계적으로 명소가 되었다. 병모가 무슨 생각으로 관광지 한가운데 집을 구했는지 이해되지 않았다.

"곧 갈 건데 뭐. 힘들어 봐야 남편 고마운 걸 알지."

남편은 화면에서 눈도 떼지 않은 채 말했다. 그 소리에 나는 벌떡 일어나 그의 허벅지를 찰싹 소리가 나도록 때렸다.

TV 화면에서 속옷 바람의 장국영이 거울을 보며 맘보춤을 췄다.

"병모네 집 가 봤어?"

내 말을 못 들었는지, 남편은 한 손에 유리잔을 들고 일어나 고개를 까딱이며 스텝을 밟았다. 나는 웃고 말았다.

지난겨울 나는 홍콩 지사에서 근무하는 남편을 따라 홍콩으로 왔다. 환영회에서 오래전 담임을 맡았던 병모를 만났다. 석 달 후에는 서울로 귀임하는 병모의 송별회가 있었다. 송별회 자리에서 병모가 아내를 데려와 소개했다. 송년회와 신년회 같은 부부 동반 모임이 있었지만, 병모는 늘 혼자 왔다. 나는 송별회에서 그의 아내인 해수를 처음 보았다.

"전에 말했지. 우리 수학 선생님."

해수가 고개를 숙이며 인사를 했다. 병모는 해수를 옆에 세워둔 채로 가까운 의자를 끌어와 내 옆에 앉았다. 그는 아들이 방학하는 대로 서울로 돌아갈 거라며 아내와 아들을 부탁했다.

병모가 다른 자리로 옮겨가자, 옆자리에서 등을 돌리고 앉아 있던 김 대리 와이프가 나직하게 말했다.

"우리도 저분, 오늘 처음 봐요."

김 대리 와이프는 해수가 처음부터 회사 사람들과는 벽을 쳤다고 말했다. 회사에서는 주재원이 새로 오면 사원 가족들이 돌아가며 정착을 도왔다. 현지 언어가 익숙한 선임자가 나서 학교를 알아봐 주고, 같이 쇼핑하면서 가까워졌다.

병모의 이삿짐이 도착했을 때 사원 가족들이 가서 도우려 했다. 그런데 병모가 나서 아내는 회사 사람들과 어울리고 싶어 하지 않는다고 전했다. 선임자의 도움을 거절하는 경우는 처음 있는 일이었다. 병모 아들의 학교 문제는 총무과 현지 직원이 해결했다. 그런 일이 있고 난 뒤로 누구도 해수에게 연락하지 않았다. 위아래를 모른다거나, 아직 서른도 되지 않았다더라며 재혼일 거라는 등 소문이 무성했다. 하지만 송별회에 나타난 해수는 딱 꼬집어 이상한 사람처럼 보이지는 않았다.

어느 날 출근하던 남편이 병모가 집을 옮겼다고 전해 주었다. 그

이언주 소설집

냥 알고만 있으라는 뜻 같았다. 병모가 언제 서울로 떠났는지, 어디로 이사를 했는지 자세한 사정은 말하지 않았다.

나는 송별회에서 아내를 데려와 인사시키던 병모가 떠올랐다. 이사한 집에 한번은 다녀와야지 생각하면서도 나서기가 쉽지 않았다. 며칠을 망설이다가 나는 해수의 전화번호를 찾아 눌렀다.

해수는 어색한 말투로 전화를 받았다. 내가 찾아가겠다는 말에 굳이 오시지 않아도 된다고 했다. 그런데 통화가 끝나자마자 문자가 도착했다. 주소와 함께 미드 레벨 에스컬레이터 마지막 출구 근처라고 씌어 있었다.

*

해수에게 다녀온 지 한 달쯤 지난 어느 날이었다. 그녀는 아이의 숙제를 도와줄 수 있겠느냐며 조심스럽게 물었다. 아빠가 있을 때는 퇴근하고 숙제를 봐주었는데, 자기 혼자서는 좀 어렵다고 했다.

미드레벨 산정으로 오르는 에스컬레이터는 탈 때마다 신기했다. 무심코 주머니에 손을 찔러넣자, 동전 부딪치는 금속의 촉감이 느껴졌다. 세탁소에 경준의 바지를 맡기러 갔다가 나온 것이었다. 나는 열쇠와 동전을 지갑에 챙겨 넣었다.

해수의 아파트로 올라가 초인종을 눌렀는데 안에서 기척이 없었다.

"문 열렸어요. 그냥 들어오시면 돼요."

파랑주의보

나는 덧문을 밀고 현관문 손잡이를 돌렸다. 해수가 앞치마에 손을 닦으며 주방에서 나왔다.

"문 잠그는 걸 자주 깜빡해요. 전에 살던 집은 현관문이 자동으로 잠겨서……."

해수가 실내화를 꺼내 놓았다. 패브릭 슬리퍼는 눅눅해 걸음을 옮길 때마다 대리석 바닥의 냉기가 그대로 전해왔다. 나는 어둑한 동굴 같은 거실을 지나 방으로 따라 들어갔다. 바닥엔 아직도 온수 매트가 깔려 있었다. 해수는 내게 다리를 뻗고 쿠션에 등을 기대라고 했다. 거울 위에 '동쪽'이라 붙여놓은 붉은 글씨가 눈에 띄었다. 지난번에 왔을 때는 보지 못한 것이었다. 나는 해수에게 무슨 의미가 있는지 물었다.

"시어머니가 창이 동쪽으로 난 집을 구하라고 해서요. 이사는 해버렸고 어쩌겠어요. 저기 거울에 그냥 글자를 써 붙였어요. 그러면 동쪽 아닌가요?"

"재미있네요."

"그렇죠!"

해수의 표정이 밝아졌다. 소문과 다르게 외국에 살면서도 서울에 있는 시어머니에게 고분고분한 그녀가 놀라웠다.

방문에는 그림 한 장이 붙어 있었다. 문짝 유리창을 가려놓은 듯했다. 황토색과 검은색으로 채색된 황소는 보는 각도에 따라 눈빛이 달라 보였다. 빛이 새 나오는 느낌이 들어 자꾸 시선이 갔다.

이언주 소설집

"보셨어요? 안방 문에 왜 저런 창이 있는지 모르겠어요."

해수는 뭔가 들킨 표정으로 말을 늘어놓았다.

"게임을 못 하게 하니까 내 눈치를 살피느라……. 애들이 다 그렇죠, 뭐."

나는 다 큰 남자아이가 구멍에 눈을 대고 방문에 붙어 서 있는 모습이 상상돼 소름이 돋았다. 8학년이라면 애라고 할 수도 없었다. 2년 전, 담임을 맡았던 아이가 수업 시간에 실습 교사 몰카를 찍었던 일이 떠올랐다. 학생들의 부모와 상담하면 하나같이 자신의 아이에게는 문제가 없다고 했다. 남자아이들이 자라면서 있을 수 있는 일이라며, 장난일 뿐이라고 했다.

나는 그림을 다시 바라보았다. 실내등에 검붉은 소의 모습이 생동감 있게 살아났다.

"여기 오시기 전까지 학교에 계셨다고 들었어요."

"중학교에요."

"병모 씨가 선생님께 궁금한 거 많이 물어보래요. 노아가 중2잖아요. 그래도 되죠? 한국 수학이 걱정이에요. 진도를 따라가야 하는데……, 노아는 폴리텍 아트 스쿨에 보낼 거예요. 저 그림도 노아가 그린 거예요."

해수는 줄곧 아들 이야기만 했다. 홍콩의 학제와 교육환경에 관한 말을 쏟아냈지만, 아이 이야기는 핑계처럼 들렸다. 그녀에겐 수다를 나눌 사람이 필요해 보였다. 나는 서랍장 위의 스노 글로브에

파랑주의보

서 눈을 떼지 못했다. 휑한 집안과 대조되는 장식품이라는 느낌 때문이기도 했다. 예쁘네요, 라는 말에 해수는 글로브 하나를 내려 태엽을 감았다. 유리 볼 안에서 검은 연미복을 입은 신랑과 화관을 쓴 신부가 빙글빙글 돌았다. 반짝이는 눈이 뿌려졌다. 그러다가 턱, 턱 바닥에서 걸리는 소리가 났다.

"가까이 있으면 회사 식구 누구라도 들여다보기 쉬울 텐데, 혼자 생활하기 힘들지 않아요?"

"아뇨, 이대로도 좋아요. 노아가 있잖아요."

해수는 괜찮다고 했지만, 저번에 왔을 때보다 집이 더 휑해 보였다.

"한국으로 짐을 다 보냈나 봐요?"

"반은 보내고 나머지는 대충 버렸어요. 쓸데없는 것들이 너무 많은 거 있죠. 그런데요 선생님, 제가 언니라고 부르면 안 돼요?"

"그냥 편하게 말해요."

"아까부터 언니 어깨가 활처럼 굽어 있어요."

어느새 해수가 등 뒤로 와서 앉았다. 나는 얼떨결에 목덜미를 잡히고 말았다. 해수의 손바닥이 목에 닿아 열감으로 닭살이 돋았다.

"노아가 어려서부터 열경기가 심했거든요. 어머니가 약을 못 먹이게 했어요. 마사지하고 맨몸으로 안고 자면 열이 떨어진다고. 항생제가 몸에 해롭다고들 하잖아요. 그래서 스포츠 마사지를 배웠어요."

해수는 아이가 열이 나면 아직도 그렇게 한다는 말을 아무렇지

이언주 소설집

않게 했다. 중학생이나 되는 아들의 옷을 벗기고, 안고 잔다는 말이 나로서는 이해하기 힘들었다.

"다 큰 아이를?"

"아들인데 뭐가 어때서요."

해수가 대답했다.

나는 상상만으로도 기분이 이상해져 해수의 손을 밀어냈다. 잠시 어색한 침묵이 흘렀다. 그러다가 방 한쪽에 밀어놓은 여행 잡지가 보였다. 갈피마다 색색 플래그가 꽂힌 책은 모서리가 많이 닳아 있었다.

"홍콩에 대해서는 잘 알겠네요. 어디가 좋아요?"

삼 년이나 살았지만 집 근처 슈퍼와 시장 말고는 아는 데가 없다며 해수는 여행 잡지를 앞으로 끌어당겨 몇 장을 넘겼다.

"혼자 나갈 일이 없었어요. 이제라도 좀 다니려고요."

해수의 말에 나는 밖으로 나가자고 했다. 눅눅한 공기로 가득 찬 집에서 얼른 벗어나고 싶었다.

도로를 따라 내려가니 곧바로 소호 거리가 나왔다. 내 옆으로 바짝 붙어 걷던 해수는 두리번거리느라 걷는 속도가 점점 느려졌다. 갈림길에서 오른쪽으로 내려갔다. 바다색으로 채색된 담벼락은 계단을 따라 내려가며 벽화로 이어졌다.

"여기 블로그에서 봤어요."

한눈을 팔다가 해수의 플립 슬리퍼가 벗겨져 몇 번이나 미끄러졌다. 어설프면서 천진한 모습이 그녀와의 거리를 조금씩 좁혀주었다.

좁은 도로에 신호를 기다리는 차들이 줄지어 서 있었다. 신호등 딸각거리는 소리를 들으며 나는 손차양으로 이마를 가렸다. 해수가 신호등 옆 가로수에 기대놓은 그림 앞으로 다가가 걸음을 멈추었다. 풍랑이 치는 바다에서 부서진 돛을 간신히 붙잡은 선원들이 사투를 벌이는 그림이었다. 노점상은 해수를 보고 한국에서 왔느냐고 물었다. 그가 그림만 따로 빼서 포장할 수 있다는데 해수가 어색한 웃음을 지었다. 해수는 상인의 말을 거의 알아듣지 못하는 눈치였다.

쨍쨍하던 하늘이 어두워지더니 서늘한 바람이 몰아쳤다. 경계가 또렷한 먹빛 구름이 바다 상공에서 빠르게 몰려와 빗방울이 흩어졌다. 가까운 카페로 들어서자마자 장대비가 쏟아졌다. 거리는 순식간에 물길이 되었고 부서진 우산이 경사로를 따라 휩쓸려 내려갔다. 나는 냅킨을 뽑아 안경에 묻은 물기를 닦았다.

"재난 영화가 따로 없네."

해수가 테이블에 놓인 꽃병을 만지작거리며 말했다. 꽃병에는 나리꽃이 목을 길게 뽑아 올리고 해수를 바라보고 있는 듯했다.

"올해는 스콜이 빨리 왔어요."

"그래요?"

"벌써 여름이잖아요."

해수가 들뜬 목소리로 말했다. 빗물이 흘러내리는 유리창에 그

이언주 소설집

녀의 꽃무늬 원피스가 어른거리며 비쳤다.

"홍콩에는 계절이 겨울, 여름, 여름, 여름밖에 없어요. 태풍 시그널이 T8 이상으로 발령되면 회사나 학교가 다 문을 닫아요. 신기하지 않아요?"

나는 가만히 그녀를 바라보았다. 해수가 말할 때마다 나리꽃이 흔들렸다. 그녀의 수다를 받아주듯 화병 주위에 노란 꽃가루가 떨어졌다. 날씨 이야기 하나만으로도 조금 전까지 모습과는 딴판이었다. 나는 그녀가 꽃자루를 확성기로 들고 떠드는 상상을 했다.

시계를 본 해수가 그만 가봐야 한다고 일어섰다. 비는 그칠 기미가 보이지 않았고, 잡을 새도 없이 그녀는 손바닥으로 머리를 가린 채 빗속으로 뛰어나갔다.

*

브런치 모임은 매월 셋째 주 목요일에 있었다. 모임은 지사장 부인을 중심으로 남편의 직급에 맞춰 아내들의 서열이 정해졌다. 회사에서 모임 비용을 지원하고, 오래전부터 관행으로 이어져 오던 일이었다. 사람들은 서로를 언니, 동생이라 부르며, 홍콩에서 처음 만난 사이라는 사실이 믿기지 않을 정도로 가까이 지냈다. 가족이니까, 가족에게만 알려준다는 과외 교습소와 도우미 연락처, 홍콩 맛집 정보에 한국의 지라시 정보까지 공유했다. 지사장 부인은 자기보다 나이가 많은 나에게 호칭 없는 모호한 화법을 썼다. 나는 싫든 좋든 그들 속에 끼어 있어야 했다. 회사 가족 모임이 있는 날이면 남편은 와인과 치즈 케이크를 사 들고 평소보다 이르게 퇴근했다.

교민 모임은 회사 모임에 비해 유대감 면에서 부담은 적었다. 그러나 내가 남편이 주재원이라고 말하는 순간, 사람들의 시선이 싸늘하게 변했다. 그들은 머지않아 떠날 사람에게는 쉽게 마음을 주지 않았다. 나는 이민자들의 모임 어디에도 끼지 못했다. 무심하게 건네는 뼈 있는 농담은 언제나 '아이'였다. 더 늦기 전에, 해외에 있는 동안 애나 하나 만들라고. 그들에게 나는 이전에 어떻게 살았건 중요하지 않았다.

한국에 있는 친구들은 외국 생활을 하는 내가 부럽다며 속 모르는 소리를 해댔다. 좋아 보인다는데 굳이 아니라며 우기기도 싫었다.

4월, 본격적인 여름이 찾아왔다. 나는 더위를 피해 쇼핑센터에서 시간을 보내다가 스노 글로브를 샀다. 바디감이 묵직하고 반짝이는 글리터가 고급스러운 글로브였다. 두꺼운 유리 벽 속에서 남자의 손을 잡고 달리는 여자가 있었다.

해수와 나는 점점 가까운 사이가 되었다. 우리는 광동어 클래스를 함께 다녔고, 수업이 없는 날엔 주로 해수의 집에서 시간을 보냈다. 슈퍼마켓에서 장을 봐 오면 해수가 뚝딱 음식을 만들어 냈다. 점심을 먹는 사이 스콜이 지나갔다. 한바탕 비가 쏟아지고 나

이언주 소설집

면 신기하게도 숨 막히는 열기가 꺾였다. 그러면 우리는 소호로 나가 맥주를 마시거나 영화를 보았다.

병모는 가끔 서울에서 안부 전화를 해왔다. 그는 와이프가 애만 키우다 보니 아는 게 별로 없다며 감사하다는 말을 잊지 않았다. 아이 둘을 강가에 내놓은 늙은 아비 같았다. 해수가 돌아갈 생각을 하면 나는 서운한 마음이 먼저 들었다.

며칠만 무심히 지나면 집 안 구석구석에 곰팡이가 피었다. 집주인은 부동산 중개인을 통해 자주 연락했다. 그는 옷장 문과 서랍을 열고 제습기를 돌리라고 당부했다. 외국인에게 처음 집을 빌려줘서 신경이 쓰이는 모양이었다. 집을 환기할 때마다 계절 지난 옷을 꺼내 건조했다. 곰팡이가 생긴 옷은 다시 세탁소에 맡겼다.

해피 밸리에서 장을 보던 나는 해수의 전화를 받았다.

"바빠요?"

내가 그녀의 집에 갔을 때, 아이 방의 물건들이 거실로 나와 있었다.

"벌써 이삿짐을 싸는 거야?"

"아니요, 집에 에어컨이 한 대뿐이라 노아와 방을 같이 쓰려고요."

해수는 장갑을 낀 손으로 목을 타고 흐르는 땀방울을 훔쳤다.

"이것만 치우면 다 했어요."

"그건 왜?" 하고 내가 물었다.

"병모 씨가 해외 출장을 갈 때마다 사 온 거예요."

해수가 열어 보인 박스 안에는 여러 개의 스노 글로브가 담겨 있었다.

"오래되면 이렇게 볼 안에 공기 방울이 생겨요."

해수가 내미는 글로브에는 동전 크기만 한 공기 방울이 흔들렸다. 그러다가 뭐가 생각났다는 듯 휴대전화에 저장된 사진을 찾았다.

"시간이 허물어지는 속도를 한번 보실래요?"

해수는 휴대전화 화면을 천천히 넘겼다. 한 달 간격으로 찍힌 사진이었다. 유리공 안에서 유럽풍 교회가 피사의 사탑처럼 서서히 기울어지는 것이 보였다. 장갑을 벗은 해수가 속이 다 시원하다며 냉장고에서 맥주를 꺼내왔다.

"노아 학교에 다음 학기 학비 보냈어요."

"병모가 다시 나오는 거야?"

"아뇨."

해수는 목구멍에 뭔가가 걸린 사람처럼 인상을 찌푸리더니 블루투스 스피커에 휴대전화를 연결했다. 귀에 익은 오래된 가요들이 흘러나왔다.

"오늘만 생각하고 살기로 했어요. 나를 위해서."

해수가 대답했다.

나는 오올, 하고 엄지손가락을 높이 들어 올렸다.

"독립 선언처럼 들리네."

해수는 빈 캔을 찌그러뜨리며 주방으로 갔다.

"언니, 제 장래 희망이 뭔지 아세요?"

"뭔데?"

장래 희망이라는 말에 나는 웃었다. 해수 나이라면 그런 말을 할 수도 있겠다 싶었다.

"이혼녀요."

뜬금없는 소리에 나는 물끄러미 해수의 얼굴을 바라보았다. 그럴 줄 알았다는 듯이 해수가 소리 내 웃었다.

"떠날 거예요."

"방학하면 바로 서울로 돌아간다면서."

나는 퉁명스럽게 대답했다.

"헤어질 결심을 했다니까요."

"어떻게 살려고, 무슨 계획이라도 있다는 거야?"

"몰라요. 어떻게든 되겠죠. 그렇게 꼬치꼬치 물으니까 정말 선생님 같네."

해수가 웃음기를 거둔 얼굴로 말했다.

"정말 무슨 일 있어?"

해수는 협탁 서랍에서 담뱃갑을 꺼내며 말했다.

"아침에 병모 씨가 전화했어요. 나더러 생각을 좀 하고 살래요. 생각 없이 사는 사람이 어딨어요. 그 사람 눈에는 죽을 때까지 내가 어린애로 보이나 봐요. 그래서 앞으로는 노아와 나만 생각하고 살 거라고 했어요. 제가 말한 적이 있나요? 시누들이 자기들 기분 내키는 대로 나를 마리오네트처럼 움직이려 들어요. 그러고는 가족이래요. 생각해서 하는 소리라고. 가족이 뭔데요?"

해수는 숨도 쉬지 않고 속에 담아둔 말을 쏟아냈다. 이제까지 내가 알던 사람과는 전혀 다른 사람 같았다. 해수와 나는 남편이나 가족에 관한 이야기는 서로 하지 않았다. 누가 뭐래도 병모는 내 제자였고 해수는 그의 아내였다.

"상처는 누가 주는 게 아니더라고요. 준 사람은 없는데 받는 사람은 죽을 만큼 괴로워요. 가족끼리는 그러면 안 되는 거잖아요. 그래서 이제 가족 안 하려고요. 지금부터라도 숨을 쉬면서 살고 싶어요. 언니는 이해하지 못할 거예요. 부끄러워서 누구에게 말도 못하고 살았어요. ……스무 살에 준비 없이 어른이 됐어요. 아이 때문에요. 대학에 들어가자마자 결혼했고 학교를 그만뒀죠. 노아 아빠는 4학년 복학생이었어요. 그렇게 해야 하는 줄 알았으니까. 그래 놓고선 엄마를 원망했어요. 그때 왜 좀 더 말리지 않았느냐고, 자식이 잘못된 선택을 하는데, 죽기 살기로 말려야 하는 거 아니냐고. 그런데 이 집 사람들은 아무리 시간이 흘러도 나를 인정하려고들 하지 않아요. 어머니는 아직도 내가 그 사람 앞길을 막았다고 말씀해요. 죽을 때까지 지워지지 않을 낙인 같은 건가 봐요."

나는 해수에게 어떤 위로를 해야 할지 혼란스러웠다. 그래서 차나 마시자며 생수 꾸러미가 쌓인 곳으로 갔다. 현관 센서 등이 켜

이연주 소설집

지며 주위가 환해졌다. 입구에는 청소기가 비스듬히 세워져 있었고, 아이의 신발과 정리되지 못한 물건들이 흩어져 있었다. 생수병을 꺼내 걸음을 옮기는 순간, 등 뒤가 다시 어두워졌다.

해수가 가스레인지에 주전자를 올리고 불을 켰다.

"얻는 게 있으면 잃는 것도 있겠죠. 노아 아빠가 갑자기 돌아가야겠다고 해서 그러라고 했어요. 묻지도 않고 우리 비행기표까지 사 왔더라고요. 저는 가지 않겠다고 했어요. 처음으로 말대꾸라는 걸 해 봤네요. 그동안 병모 씨가 화를 내고 큰소리 지르면 무조건 내가 잘못했으니 용서하라고 했어요. 그래야 집이 조용해지고 빨리 끝나니까요."

나는 해수가 하는 말의 맥락을 얼른 짚을 수 없었다.

"그래서?"

"그렇다고요. 가지 않겠다니까, 시어머니가 전화로 미쳤냐고 하더라고요."

해수는 말꼬리를 시어머니 쪽으로 돌렸다.

특별한 기억은 없지만, 대학 입시를 앞두고 상담하러 온 병모 어머니를 만난 적이 있었다. 그녀는 다른 학부모와 마찬가지로 정중했고, 아들의 미래에 관심이 많았다. 보기에 따라서는 병모에 대한 시모의 집착이나 노아에 관한 해수의 집착이 크게 다르지 않았다.

"여기 남는 거…… 처음엔 자신 없었어요. 무섭기도 하고. 그런데 막상 부딪히니까 못 할 것도 없네요."

　　　　　　　　파랑주의보

"정말 무슨 계획이라도 있는 거야?"

"다시 공부를 시작할까 싶기도 하고요."

나는 말없이 주전자만 바라보았다. 누구의 편도 들어줄 수 없었다. 물이 끓으며 주전자가 휘슬을 불었다. 가스 불이 유난히 푸르게 보였다. 나는 고통스럽고 불안했던 작년 봄을 떠올리고 있었다. 너무 일찍 어른이 되어버린 아이들과 잘못된 선택들. 학기가 시작되고 한 달이 채 지나지 않아 반에서 학폭 사건이 일어났다. 미성년이지만 성인의 몸을 가진 중학교 2학년 아이들. 내게는 잘잘못을 따질 권한도 결정권도 없었다. 벽과 벽 사이에 끼어 옴짝달싹하지 못한 채 절망 속에서 죽고 싶은 심정이었다.

그사이 해외 영업부에서 일하던 남편이 홍콩으로 발령을 받았다. 나는 그 상태로 학교를 그만두지 못해 남편 혼자 홍콩으로 떠나게 됐다. 학폭 사건은 쉬쉬하며 일 년 가까이 끌다가 가해자를 선처하는 수준에서 마무리되었다. 나는 기다렸다는 듯이 사표를 제출했다.

"살 수가 없었어요."

해수는 손을 내밀어 손목에 난 상처를 보여주었다.

"어쨌든 병모 씨가 해외 근무를 신청하더라고요. 그런데 와서 보니, 이번엔 그 사람이 여기서 못 살겠다고 하네요. 현지인도 싫고, 날씨도 싫고. 자기 성질을 못 이기고 애한테 자꾸 화풀이하는 거예요. 그럴 거면, 혼자 한국으로 돌아가라고 했어요."

이언주 소설집

잠시 말을 끊었던 해수가 망설이다가 말을 이었다.

"노아가 아빠 앞에서는 숨도 제대로 쉬지 못해요. 나더러 애를 감싸기만 해서 그 모양이래요. 그런데 아빠가 없으니까, 아이가 좋아지기 시작했어요."

해수가 덤덤하게 말했다.

나는 그런 해수의 등을 쓸었다.

"회사에 브런치 타임 같은 건 있는지도 몰랐어요."

"설마?"

"그 사람은 정말 그런 인간이에요. 여기 있는 여자들 스펙이 장난 아니라고. 잘난 사람들 사이에서 쪽팔리게 어울릴 생각도 하지 말랬어요."

피식 웃어 보이던 해수가 담배 한 개비를 새로 꺼내 물었다. 그리고 아무 일도 없었다는 듯이 태연한 얼굴로 스피커에서 나오는 노래를 따라 불렀다. 무얼 채워 살고 있는지 점점 더 멀어져 간다…… 해수는 서른 즈음 놓쳐버린 자신을 흥얼거리며 취기로 얼굴이 붉어졌다. 그녀는 무릎 위로 치마가 밀려 올라가는지도 모르고 끌어 내리지 않았다.

"홍콩에 다른 아는 사람은 없어?"

나는 해수에게 이곳에서 도움받을 만한 사람이 또 있는지 물었다. 창밖을 내다보는 그녀의 얼굴이 무표정하게 굳어 있었다. 삶에서 상처를 빼면 아무것도 남지 않을 사람 같았다.

　　　　　　　　　　　　파랑주의보

"선배가 있기는…… 한 사람……."

현관문 여는 소리에 정신이 든 듯, 해수가 자리에서 일어났다. 노아가 들어와 고개만 꾸뻑하고 거실로 나갔다. 저번에 보았을 때보다 더 자란 것 같았다.

나는 걸어서 산정을 내려왔다. 한낮의 열기는 저녁이 되어도 좀처럼 수그러지지 않았다. 해수의 말처럼 계절이 겨울, 여름, 여름, 여름인 여름이 지겨운 도시였다. 해수는 이제 겨우 숨통이 트인다고 했다. 출구가 보이지 않는 시간 속에서 내게 홍콩은 잘못 찾아온 비상구 같았다.

견딘다는 것.

남편 경준과 처음 시댁으로 인사 갔던 날. 시모는 자식 이기는 부모 없다며 거의 체념한 표정이었다. 남편이 홍콩 지사로 혼자 떠나게 되자, 양가 어른들은 걱정이 많았다.

"경준이가 어떻게 혼자 견디겠니? 남자는 혼자 두는 게 아니다. 한 번 해외로 발령 나면 계속해서 해외를 돌아다닌다던데."

시모는 어디서 들은 소리라며 한숨을 쉬었다.

나는 학교에 사표를 내고 남산이 보이는 한정식집에서 시부모를 만났다. 이삿날을 확인한 시모는 다행이라며 내 손을 잡았다. 네가 사리 분별할 줄 아는 선생이라 정말 마음이 놓인다고. 나는 시간이 지나도 의미가 흐려지지 않은 '사리 분별'이라는 단어를 곱씹고

이언주 소설집

있었다. 시댁과 며느리 사이는 어느 집이든 정도의 차이가 있을 뿐이었다.

한편, 마음속에 석연치 않은 찜찜함이 거스러미처럼 돋아났다. 그날 저녁, 남편에게 홍콩에는 동창이 몇이나 있는지 물었다.

"글쎄. 워낙 한국 회사들이 많아서. 그건 왜?"

"그냥. 좀 궁금해서."

나는 더위를 핑계로 한동안 집에만 있었다. 바깥의 열기 때문에 창문을 열 엄두가 나지 않았다. 볕이 화염처럼 내리쬐면 하늘이 느닷없이 어두워지고, 곧 스콜이 쏟아졌다. 그런 뒤엔 습하고 끈적끈적한 고온이 밤까지 이어졌다. 하루는 너무 길었고, 시간은 더디게 흘렀다. 그 사이 해수에게서 몇 번의 전화를 받았지만, 나는 이런저런 핑계를 대며 나가지 않았다.

끄물끄물한 날씨가 사람을 지치게 했다. 브런치 모임 날짜가 바뀌었다는 문자가 왔다. 출장에 동행한 본사 임원의 부인이 특별히 참석한다는 내용이었다. 총무는 식사와 관광을 위해 란콰이펑에 있는 식당을 예약했다. 모임에 참석한 사람들은 단톡방에 쏟아지던 불만과 상관없이 반가운 표정을 지었다. 임원 부인은 고생하는 사원 가족들을 위로하기 위해 모임에 참석했다고 말했다. 그녀는 음료수에 라임 조각을 떨어뜨리고 잔을 들어 건배를 외쳤다. 유리잔 바닥에서 투명한 기포가 떠올랐다. 회전 식탁에서 빙글빙글 돌

파랑주의보

던 라임 접시가 내 앞에서 멈추었다. 라임 접시를 내 앞으로 밀어
주던 해수가 떠올랐다.

식사 중, 웨이터가 피켓을 들고 식탁 사이를 돌며 태풍이 온다고
알렸다. 사람들은 학교와 회사가 쉴 걱정을 한마디씩 늘어놓았다.
태풍 예보 덕분에 모임은 일찍 끝났다. 바람의 세기가 평소와 달랐
지만, 아직 태풍이 느껴질 정도는 아니었다. 해수의 집은 란콰이펑
에서 멀지 않았다. 나는 해수 얼굴이나 잠깐 보고 가야겠다고 생
각했다. 미드레벨 에스컬레이터를 타고 오르는 동안 태풍 시그널이
상향되고 파랑주의보가 발효되었다.

해수는 또 문을 잠그는 걸 잊은 모양이었다.

나는 현관문을 열고 안으로 들어갔다. 센서 등이 잠시 켜졌다가
곧 꺼졌다. 낮인데도 거실은 어두웠다. 안방 문틈으로 불빛이 흘러
나왔다. 채광창 안쪽에 걸린 그림을 떠올렸다. 방안을 훔쳐보던 아
이처럼 나도 몸을 바투 붙이고 구멍 안을 들여다보고 싶은 충동
을 느꼈다. 장난스럽게 해수를 골려주고 싶은 마음도 있었다.

구멍 가까이 다가갔다. 방 내부가 한눈에 들어왔다. 그 순간 나
도 모르게 손바닥으로 입을 가렸다. 해수가 맨몸으로 노아를 안고
잠들어 있었다. 아들인데 뭐가 어때서요, 당연하다는 해수의 표정
이 떠올랐다. 나는 가만히 현관문을 닫고 나왔다.

계단을 내려가며 어이없는 상상에 헛웃음을 지었다. 그러다 문
득 생각나는 게 있어 발걸음을 돌렸다. 당신과는 결이 다른 사람이

이언주 소설집

라던 남편의 말이 떠올랐다. 컴컴한 복도를 지나며 동전 지갑을 꺼냈다. 그리고 문 앞에서 잠시 망설였다. 그동안 짤그랑거리는 열쇠의 출처를 한 번도 의심한 적이 없었다. 하지 말아야 할 장난을 치려는 사람처럼 가슴이 두근거렸다.

딸각, 손잡이에서 열쇠를 삼키는 소리가 났다. 열쇠를 다시 뺄 수가 없었다. 왼손으로 떨리는 오른손을 잡았다. 등줄기를 타고 한기가 흘렀다. 온몸에 힘이 빠져 주저앉을 것만 같았다. 야외 에스컬레이터까지 걸어갈 힘이 없었다. 그러다가 택시를 잡아타고 언덕을 내려왔다.

관광객이 몰리는 시간이라 도로는 정체가 심했다. 퀸즈 로드를 지나는 택시는 완전히 거북이걸음이었다. 가로수에 기대고 선 그림은 몇 달이 지났는데도 여전히 그 자리에서 폭풍과 사투를 벌이고 있었다. 그림 가장자리에 고개 드는 잿빛 파도가 선명하게 느껴졌다. 노점상이 설명하던 따뜻한 바다와는 거리가 멀었다. 바다에 파도가 이는 것은 당연한 일이라던 해수의 말이 떠올랐다. 건너편에 보이는 건물 옥상 전광판에 지난해 수해 현장의 화면이 지나갔다. 택시는 여전히 꼼짝도 하지 못했다. (*)

모두의 안부

「잘 지냈어?」

휴대전화에 낯선 번호가 떴다. 동현은 답장도 하지 않고 전화기를 내려놓았다. 담임을 맡은 아이들이 또 장난을 치는 줄 알았다. 다시 전화기가 부르르 떨렸다. 모처럼 집에서 쉬는 날이라 전화기를 끄려던 순간, 화면이 밝아지면서 메시지가 들어왔다.

「현동아.」

동현은 전화기를 들고 잠시 바라보았다. 동수였다. 그는 잠시 숨을 고른 뒤 통화 버튼을 눌렀다. 동수는 임청각 근처라며 집으로 가도 되느냐고 물었다.

"내가 나갈게. 와이프가 몸이 안 좋아."

　　　　　　　　　　　　　　　이언주 소설집

동현은 떨떠름함을 감출 수 없었다. 십 년이 넘도록 연락을 끊었던 동수가 갑자기 나타난 것이다. 동현은 복잡한 마음으로 자전거를 타고 집을 나섰다.

종택 앞은 지난해 중앙선 철길을 걷어낸 뒤, 아직 마무리 공사가 끝나지 않아 어수선했다. 동현은 전탑(塼塔) 앞에 서 있는 동수를 한눈에 알아볼 수 있었다. 담장 옆에 자전거를 세우고 동수 곁으로 다가갔다.

"도대체 얼마 만에 나타난 거야?"

동현의 말에 힐끗 돌아보던 동수는 어제 만난 옆집 사람처럼 태연하게 대꾸했다.

"어, 왔어?"

동현은 한 걸음 뒤에 서서 동수를 살폈다. 얇은 셔츠 사이로 드러난 근육을 보며 괜히 어깨를 펴고 양팔을 한번 돌렸다.

"야, 볼수록 신기하네. 넌 이해돼?"

동수가 말했다.

"뭐가?"

"종택 대문 옆에 이 정도의 탑이 버티고 있다는 거."

"탑이 먼저 여기 있지 않았을까?"

동현은 시큰둥하게 대답하면서 동수의 속내를 가늠할 수 없었다. 눈을 가늘게 뜨고 탑을 올려다보았다. 벽돌로 쌓아 올린 칠 층 전탑 끝은 햇빛이 부딪쳐 하얗게 빛이 났다. 동수는 펜스 안으로 한 발을 들여놓더니 벽돌 사이로 자란 풀을 뜯었다.

"한국엔 언제 왔어? 외국에 있다고 들었는데."

"며칠 됐어. 집을 다시 지었더라."

동수는 고개도 돌리지 않은 채 말했다.

"왔으면 집으로 들어올 것이지."

집 앞까지 갔다 왔다는 소리에 동현은 말문이 막혔다. 더위로 짜증이 났다. 그늘로 들어가자며 대문 옆 카페로 가서 아이스 아메리카노 두 잔을 주문했다. 종손의 막내딸이 인천에서 내려와 행랑채를 개조해 카페를 연 곳이었다. 종택을 구경하러 오는 사람들에게 입장료 대신 음료를 팔았다. 동수는 놀란 듯 커피를 받아 들었다.

"여기도 많이 변했네."

동수가 커피를 한 모금 마시며 중얼거렸다.

종택은 예전보다 손질이 잘 되어 있었다. 가뭄에도 바깥마당에 있는 연못에는 넓은 연잎이 무성하게 자랐고 낮은 석축을 따라 수국이 보랏빛을 뿜어내고 있었다. 두 사람은 사랑채로 올라가 툇마루에 걸터앉았다. 햇볕이 툇마루 끝에 걸려 바닥이 뜨겁게 달아 있었다. 동현은 셔츠 단추를 풀어 깃을 잡고 흔들었다.

동수가 담배 한 개비를 꺼내 동현에게 내밀었다.

"끊었어."

"하긴 뭐 좋은 거라고……."

담배를 문 동수가 주위를 훑었다.

"예전에 저 뒤쪽 담장이 내려앉아 있지 않았냐?"

동수는 어린 시절의 흔적들을 눈으로 찾고 있었다. 그런 동수에게 보란 듯이 동현은 플라스틱 컵을 흔들었다. 투명한 표면에 맺혔던 물방울이 손등으로 떨어졌다.

"그게 언제 적 이야긴데."

동현은 자기도 모르게 피식 웃음이 났다. 자기도 종택에 올라온 게 몇 년 만인지조차 가물가물했다. 임청각 복원과 함께 종택을 보수했다는 소식도 뉴스로 접했을 뿐이다.

한낮의 열기에 아지랑이가 피어올랐다. 담장 너머 검게 그을린 전탑 주위로는 햇살에 떠도는 먼지 입자가 반짝였다. 툇마루에서 강물이 한눈에 내려다보였다. 안동역을 시 외곽으로 옮기면서 지난해 종택 앞 철길을 걷어냈다. 방음벽에 가로막혔던 전경이 탁 트였다.

"시원하고 좋으네."

동현의 말에 동수가 고개를 끄덕였다.

"저 탑, 등대처럼 보이지 않냐?"

동현은 크게 숨을 내쉬었다. 틀린 말은 아니었다. 종택 앞을 지키고 서 있는 오래된 전탑이 동수에게는 그런 탑일지도 모른다.

여섯 살 때 면사무소에 근무하던 엄마는 동수의 아버지와 재혼했다. 아들들이 동갑이었고, 쌍둥이처럼 잘 지냈다. 로봇 만화 주인

모두의 안부

공이라도 된 듯이 '수·현 합체!'를 외쳤고, 자다가도 다리가 맞닿아야 안심하고 다시 잠들었다. 여동생이 생긴다면 '수현'이라 부르기로 했다.

아홉 살이 되던 해, 댐공사로 살던 동네가 수몰되었다. 엄마와 아버지는 안동 시청으로 자리를 옮겨갔고, 집은 아버지 본가가 있는 법흥동으로 이사했다. 일가친척이 모여 사는 곳이라 아이들을 돌보기 쉬울 것으로 생각했다.

"어머니는?"

동수가 담배 연기를 길게 내뿜으며 물었다.

"사십구재 올린 지 한 달 조금 더 됐어."

어머니가 돌아가셨다는 소리에 동수의 입에서 짧은 탄식이 흘러나왔다.

"집에서 찾는다는 소릴 못 들었어?"

"시영이한테 아버지가 돌아가셨다고만 들었지."

"그런데?"

"그땐 중국 우한에 있었어. 어쩔 도리가 없더라고. 전염병이 퍼지고, 난리도 그런 난리가 없었지. 몇 년 그렇게 보내고 나니까 아무 생각도 안 나더라."

동수는 입이 열 개라도 할 말이 없다고 했다.

"마음만 먹으면 언제든 돌아올 수 있을 거로 생각했어. 그런데 노인네마저 없다고 생각하니까 마음이 쉽지 않더라고. 새삼스럽기도 하고……. 오는 데 시간이 필요하더라."

그는 혼잣말처럼 말을 이었다.

"청량리역까지 몇 번이나 갔는데, 그때마다 사고가 터지는 걸 어쩌냐."

잠시 두 사람 사이에 대화가 끊어졌다. 동수는 담배의 남은 불씨를 구두 뒤축에 비벼 끄고는 신발을 벗었다. 그러고는 문설주에 등을 기댔다.

동현은 동수의 말을 되씹었다. 마음이 생각처럼 따라주지 않아 시간이 걸렸다는 말이다. 몇 해 전, 그는 청량리역 대합실에서 동수를 본 적이 있었다. 누군가와 통화하던 동수가 얼굴을 구기더니 의자 위로 벌렁 드러누웠다. 제멋대로 행동하는 모습이 예전과 조금도 달라지지 않았다. 동현은 먼발치에서 동수를 보다가 플랫폼으로 내려갔다. 안동역에 도착하면 만날 거로 생각했었다.

기차가 청량리를 벗어나면서 동현은 머릿속이 복잡해졌다. 부모를 모시고 있는 자신이 집에 돌아오는 동수를 반겨야 했다며 후회했다. 세월이 흐른 만큼 그가 먼저 동수에게 다가가 손 내밀어야 했다. 오랫동안 동수에게 가지고 있던 양가감성이 뇌살아났다. 미워했지만, 미안한 마음 또한 컸다. 그러나 동수 밥그릇을 뺏었다는 수군거리는 말을 떠올리면 짜증부터 났다. 동수 역시 비슷한 마음이었을 거라 짐작했다. 안동역에서 하차했을 때 동수의 모습은 보이지 않았다.

동현은 댓돌까지 내려온 그늘을 가만히 바라보았다. 머릿속에서 와글거리는 말풍선이 맥없이 꺼진 뒤라 할 말이 별로 없었다. 동수가 '현동아'라고 보낸 문자가 머릿속에 맴돌았다. 잊고 지냈던, 이제는 아무도 기억하지 않는 이름이었다. 엄마가 재혼하면서 동현은 이름부터 바꿨었다. 학교 입학하기 전에 동수와 항렬자를 맞추어 새아버지 호적에 올랐다. 그때는 어려서 이름 따위는 관심도 없었다.

어린 시절 동수는 언제나 동수였지만, 동현은 그렇지 못했다. 집성촌에서 동수에게 가려진 자신의 존재를 일찌감치 깨달았다. 이불 속에서 무겁게 누르는 동수의 다리를 걷어찬 이유였다. 중학교 입학하기 전인지, 후인지 잘 기억나지 않았다.

사춘기가 되면서 동수는 엇나가기 시작했다. 아버지 지갑에 손을 댔고, 담뱃갑에서 표시 나지 않게 담배를 빼냈다. 동현이 하는 일마다 트집을 잡아 둘 사이는 점점 멀어졌다. 서로 무시했고 학교에서 시선이 마주치면 고개를 돌렸다.

문중 사당인 수다재에서 시제가 있을 때면 아버지는 두 아들을 함께 데려갔다. 그러나 마을 곳곳에 동현이 넘을 수 없는, 밟으면 안 되는 선이 있었다. 그는 언제나 '임하댁이 데려온 아들'일 뿐이었다. "신경 쓸 거 없다, 어깨 펴고"라고 아버지가 힘주어 말했지만, 동현은 조용히 물러날 줄 아는 아이였다. 재사에서 나와 혼자 중앙선 철길을 밟으며 보란 듯이 집성촌을 떠날 것이라고 다짐했었다.

이언주 소설집

시청에서 아버지는 승진이 빨랐다. 그럴 때마다 마을 입구에 축하 현수막이 걸렸다. 동현은 고등학생이 된 뒤로 현수막이 있는 골목을 피해, 먼 길로 돌아다녔다. 2학년 가을이었던가. 엄마는 시의 국제화를 위해 외국 도시와 문화 교류하는 일을 추진하며 중국 출장이 잦았다. 거실 탁자에 유학원 자료 가운데 '한·중 청소년 협력 방안'이라는 서류들이 수시로 쌓였다. 동현은 유학이라는 단어만 떠올려도 가슴이 두근거렸다. 모양새 좋게 이 마을을 떠날 수 있을 거라 꿈을 꾸었다.

학교에 동수와 사이가 좋지 않은 아이들이 있었다. 그중 하나인 인석은 동수를 자극하기 위해 보란 듯이 동현을 괴롭혔다. 처음엔 볼펜이나 포스트잇을 빌려 가고, 숙제한 것을 내놓으라고 했다. 책상을 쳐서 소지품을 떨어뜨리고, 그걸 밟고 지나가기도 했다. 학생수가 많지 않은 학교여서 동수가 그런 사정을 모를 리 없었다. 그러나 자존심 때문에 말하지 못했다.

어느 날 폐지 소각장에서 싸움이 벌어졌다. 동수 친구들과 인석 패거리의 싸움으로 경찰이 출동했고, 아버지는 그 일로 여러 번 불려 갔다. 싸웠던 아이들은 부상과 가담 정도에 따라 정학 처분을 받거나 도서관에서 반성문을 썼다. 남자학교에서는 가끔 있는 일이었다. 그 무렵 동수는 기어코 학교를 그만두고 집에 틀어박혔다.

어느 일요일이었다. 아버지가 가족회의를 하자고 했다. 동수의 진로 문제로 불편한 대화 끝에 언성이 높아질 게 뻔했기 때문에

모두의 안부

동현은 그 자리를 피하고 싶었다. 아버지는 중국 시안에 학교를 알아보고 있다며, 엄마가 출장길에 후견인을 찾았다고 했다. 동현은 마음속으로 흥분했다. 당연히 두 형제가 같이 유학 가는 줄 알았다. 낯선 곳에서 혼자보다는 둘이 낫다고 생각했다. 하지만 부모는 뜻밖의 말을 꺼냈다. 동수 혼자 갈 수 있겠느냐며 동수의 의중을 물었다. 형편상 아이 둘을 동시에 유학시킬 수는 없다는 거였다.

동현은 동수가 떠나고 담배를 시작했다. 동수가 남기고 간 것들이었다. 동수가 시안의 학교에서 입학 허가를 받은 날 '잘됐네' 하고 축하했지만, 마음은 그게 아니었다.

자신이 아버지 아들이고, 동수가 엄마 아들이었다면 어떻게 되었을까. 그때도 동수가 유학을 갈 수 있었을까. 차라리 말썽을 부리고 부모 속을 썩이다가 집에 남게 되었다면 덜 억울했을지도 몰랐다. 그때 '나도 같이 보내 달라'고 말하지 못한 것이 두고두고 후회됐다. 하지만 다 지나간 이야기였다. 사람에게는 누구에게나 세 번의 기회가 있다고 했다. 한 번의 기회를 저금한 셈 치기로 했다. 다시 기회가 올 순간을 위해 열심히 살았다. 대학에 진학하고, 군대를 다녀오고, 임용고시를 통과했다.

아버지의 승진 현수막이 걸렸던 자리에 동현의 현수막이 걸리게 되었다. 인근 국립대 수석 입학, 중등교사 임용고시, 중등 교육 혁신단 선정 등등.

동수는 전학 갔던 중국 학교에서 적응을 잘하지 못했다. 시안에

이언주 소설집

서 북경, 또다시 청도로 학교를 옮겼다. 아버지가 여러 차례 중국을 다녀와야 했다. 어쩌다 만난 동수는 예전 같지 않았다. 군대를 다녀온 후로 집에 걸음을 끊다시피 했다. 동수를 기다리던 엄마는 명절이 다가오면 간고등어를 준비했다. 고등어구이는 동수가 제일 좋아하던 음식이었다.

시간은 집성촌을 서서히 바꾸어놓았다. 외지에서 들어온 이들이 집을 사고, 담장을 사이에 두고 살던 친척들이 떠났다. 이제는 타성바지로 대를 잇는다며 호통치는 사람도 없다. 아버지에게 시제 차례가 돌아오면 허드렛일은 동현의 몫이 되었다. 친구들은 진학이나 직장을 따라 서울이나 다른 도시로 떠났고, 마을에 젊은 사람이 드물었다. 아버지도 동수 아버지가 아니라 동현이 아버지라고 했다.

설이나 추석이 되면 귀향한 친구들이 모여들었다. 동현은 동수와 어울리던 친구를 통해 동수의 소식을 전해 들었다. 시형이 말로는 중국에서 식당을 한다고 했고, 서진이는 베트남에 있다고 했다. 혈압으로 쓰러진 아버지는 요양병원에서 꼬박 삼 년을 보냈다. 아무리 수소문해도 동현은 동수를 끝내 찾아내지 못했다.

매미가 시끄럽게 울어댔다. 문설주에 기댄 동수는 이마에 손등을 얹고 눈을 감고 있었다. 동수의 머리 뒤로 검게 파인 작은 구멍이 보였다. 어림잡아 삼사백 년은 버텼을 말라비틀어진 옹이가 빠

모두의 안부

져나간 자리였다. 옹이가 빠지든 말든 눈여겨보는 사람이 아무도 없었을 터였다. 그동안 얼마나 세월이 흘렀으면 흠으로조차 보이지 않았다. 동현이 무심코 옹이 쪽으로 손을 뻗으려 하자 동수가 눈을 뜨고 자세를 고쳐 앉았다.

"무슨 바람이 불어 여기까지 왔어?"

"믿는 구석이 있어서 그러고 산 거지 뭐. 넌 옛날부터 뭐든 다 잘했잖아."

동수의 말에 동현은 헛웃음을 지었다. 싸울 마음도 없는 사람 앞에서 혼자 날을 세우고 긴장하는 꼴이었다.

"요즘은 뭐 하고 살아?"

"작은 여행사를 해. 유튜브에 동영상도 올리고."

동수가 말했다.

"재미는 있겠네."

동현은 구독 중인 여행 유튜브를 떠올리며 여행 콘텐츠가 요즘 대세더라며 맞장구쳤다. 동수는 다시 담배를 입에 물었다.

"걔들과는 조금 다르지. 여행 크리에이터."

"어떤 건데?"

동현이 다시 물었다.

"콘텐츠를 짜서 온·오프 여행사에 넘기는 일. 한국으로 오는 팀이 있으면 나서서 인솔도 하고. 몇 년 전부터 인근의 고택을 옛 모습대로 복원한다는 뉴스 여러 번 봤어. 여기 주변 환경이 좋잖아.

이언주 소설집

역사 카테고리로 묶으면 괜찮을 것 같더라고. 생각난 김에 내려와 봤어."

"좋겠네, 넌 팔아먹을 조상도 다 있고."

"임청각에 들렀다가 깜짝 놀랐잖아. 관광지가 다 됐더라."

동수가 손바닥으로 팔을 쓸며 말했다. 동현은 반쯤 빈 커피잔을 들어 올렸다. 동수가 수긍한다는 듯이 한숨을 쉬었다.

"옛날에는 그저 낡아가는 빈집이라고만 생각했었거든. 대문도 잠겨 있어서 우리가 허물어진 담을 넘어 다녔잖아. 군자정에서 양반 놀이하다가 쫓겨나던 생각도 나고……."

동수가 옛날 생각이 난 듯 낄낄거리며 웃었다. 동현도 고개를 끄덕였다. 하지만 곧 동수 얼굴에서 웃음기가 사라졌다.

"내가 여길 왜 떠났지?"

"그걸 왜 나한테 묻냐. 넌 아버지 잘 만나 유학한 거잖아."

동현의 대꾸에 동수가 정색하며 고개를 돌렸다.

"사고 치니까 기다렸다는 듯이 내쫓은 건 아니고? 나만 빠져주면 그림이 딱 좋은 집이었잖아."

동현은 갑자기 숨이 막히는 기분이었다. 말도 안 되는 소리, 피해자는 바로 자신이라고 소리치고 싶었다. 그는 자라면서 언제나 동수와 자리싸움을 해야 했다. 동수가 떠난 뒤에도 보이지 않는 그의 자리는 여전히 남아 있었다. 큰일을 치를 때마다 친척들은 동수의 안부를 물었고, 형제의 안부를 묻는 사람들에게 답할 말이 없다

　　　　　　　　　　　모두의 안부

는 사실이 고역이었다. 그런데 이제 와서 뭘 어쩌라고.

어색한 기류에 동수가 일어나더니 팔을 뻗고 가볍게 몸을 흔들었다.

"넌 요즘 어떻게 지내?"

동수가 물었다.

"시내 중학교에서 애들 가르쳐."

"결혼했다며?"

동현은 큰애가 중학교 1학년이고, 아내는 인근 초등학교에 근무하고 있다고 말했다. 가족이고 형제라면 이미 알고 있어야 할 것들이었다.

"아버지가 현직에 있을 때 해야 한다고 일찍 서둘렀어."

"애썼네. 너한테만 다 맡겨 놔서……."

동수가 고개를 주억거렸다. 피곤하고 지친 얼굴이었다.

"밥은?"

"휴게소에 들르긴 했는데 조금 출출하네."

동현이 근처에 잘하는 백반집이 있으니 가자고 했다. 점심시간을 훌쩍 넘긴 시각이라 식당엔 사람이 없었다. 주인 여자는 저녁 장사를 준비하는지 테이블 위에 마늘종을 펼쳐놓고 다듬고 있었다. 기대하지 않던 손님에 주인 여자가 웃으며 일어났다.

"이 시간에 웬일이이꺼? 손님이 오신 모양이제요."

여자가 물병을 내려놓으며 동수를 주의 깊게 살폈다.

이언주 소설집

"많이 보던 얼굴인데, 어디서 오셨니껴?"

동수가 난처한 표정으로 어색하게 웃었다. 동현이 음식을 주문했다.

"백반하고 고등어 한 마리만 바짝 꿉어 주소."

동수는 벽에 걸린 메뉴판을 쳐다보고는 물을 한 모금 마셨다. 여자가 반찬이 담긴 넓은 쟁반을 내려놓고 갔다.

"야, 이거 얼마 만에 받는 고향 밥상인지 모르겠네."

동수가 밑반찬으로 나온 머윗대를 씹으며 말했다. 화덕에 구운 간고등어가 나왔다. 바싹한 등껍질에서 기름이 자글자글 끓었다. 고등어에 시선이 꽂힌 동수는 자기도 모르게 침을 꿀꺽 삼켰다.

"엄마가 고등어 구워놓고 널 얼마나 기다렸는데. 알긴 아냐?"

동현은 들었던 숟가락을 내려놓고 자기도 모르게 동수를 타박하고 있었다.

그때 밖에서 오토바이 세우는 소리가 났다. 호박잎을 한 아름 안고 들어오던 주인 남자가 동현을 보고 반색했다.

"선생님, 여까지 밥 잡수러 오셨니껴. 인제 하지 지났는데, 밖이 벌써 푹푹 찌디더."

동현이 수저를 내려놓으며 인사를 했다. 남자는 얼른 드시라며 주방으로 들어갔다. 그러더니 잠시 후 마늘을 한 접 들고 왔다.

"올해 캔 햇마늘이시더……."

마늘을 건네주던 남자는 동수를 보더니 말을 멈췄다. 얼굴을 바

모두의 안부

짝 들이밀면서 동수를 살폈다.

"혹시 승철이 큰아들 아인가?"

당황한 동수가 어쩔 줄 모르며 숟가락을 내려놓았다.

"한눈에 알아보겠구마는. 그 양반 젊었을 때 그대로 아인가베."

남자가 의자를 끌어다가 옆에 앉으려 하자, 주방에 있던 여자가
남자를 불렀다.

"웃기네. 내가 아버지 아들인 걸 한눈에 알아보는 사람이 다 있고."

동수가 씁쓸한 표정을 지으며 혼잣말을 했다.

"그런 곳인 줄 이제 알았냐. 산소는 보고 갈 거지?"

동현은 동수의 표정을 살폈다. 휴대전화로 시각을 확인한 동수
는 잠시 망설이는 얼굴이었다.

"가긴 가 봐야지, 또 언제 올지도 모르는데."

"가까운 곳에 모셨어."

동현은 산에 가져갈 거라며 나물과 전을 부탁하며 고등어도 한
마리 구워달라고 했다.

"솔직히 생각 많이 했어. 어머니도 그렇고 널 어떻게 잊겠냐."

무슨 말을 하려는지 동수가 어렵게 입을 뗐다.

"아버지는 나보다 널 더 좋아했잖아. 비교당하는 그 기분, 넌 모
르지. 아버지한테는 뭐든 잘하는 네가 당신 자존심이었으니까. 그
래도 친아들은 나였는데 좀 그렇지 않냐? 내가 사고를 쳐서 아버
지가 학교에 불려 가면, 이때다 하고 슬며시 네 얘길 꺼내는 거야.

그러면 상황은 끝나는 거지 뭐. 정말 그러고 싶었을까. 솔직히 아직도 나는 그런 아버지가 이해가 안 돼. 그만하면 너한테 제삿밥 얻어먹을 자격 충분하지 뭐."

"웃기고 있네. 비교라고, 네가 할 소리는 아니지. 어떻게 하나만 알고 둘은 모르냐. 노인네가 무덤에서 벌떡 일어날 소리나 하고. 돌아가실 때까지 아버지 아들은 너였어. 너밖에 없었다고. 나중에 정신 놓고부터는 아예 나더러 동수라더라. 아버지 말마따나 딱 너 같은 자식 하나만 키워봐야 하는데."

주인 여자가 주문한 음식과 소주를 비닐봉지에 담아왔다. 두 사람은 하던 말을 멈췄다.

"젓가락하고 종이컵 몇 개 더 넣었니더. 산에 잡풀이 행팬이 없을 낀데……."

여자는 두 사람의 얼굴을 번갈아 보며 말했다.

동현은 계산하면서 주인에게 낫 한 자루를 빌렸다.

"낫은 왜?"

동수는 벌초할 거냐고 물었다.

"벌초는 무슨. 장손이 벌초 시기가 언젠지도 모르고."

두 사람은 다시 주차장으로 갔다. 주차장 입구에 '석주 선생 생가 복원'이라는 현수막이 펄럭였다.

동현이 자전거에 마늘 단을 매다는 걸 본 동수가, 그냥 둬도 괜찮겠냐고 걱정스레 물었다. 여긴 아직 시골이나 다름없다고 동현

모두의 안부

이 대답했다. 동수는 차에서 재킷을 꺼내 들었다. 한동안 말이 없다가 시계를 보고는 '여기서 멀어?' 하고 물었다. 아마 영남산 뒷골에 있는 선산까지 가는 걸로 생각했던 모양이다. 산소는 종택 뒤, 언덕 너머에 있었다. 멀지는 않았지만, 차로 올라갈 수는 없었다. 동현은 해가 길어서 저물기 전에 내려올 수 있을 거라고 말했다.

"요즘 누가 이 산 저 산 힘들게 성묘를 다닌다고. 아버지 가시기 전에 고조부까지 가족 묘원을 따로 조성했어. 대종가와는 촌수도 있고, 아랫대 소종가는 다들 그렇게 해."

동현은 '우리'라고 말하려다 그냥 가족 묘원이라고 했다. 기껏 남의 조상 묘나 돌보는 묘지기가 된 그런 기분이었다. 동수 말대로라면, 키워주고 잘 보살펴준 대가가 사후를 맡기기 위한 보험용이었다. 한숨이 나왔다. 동현은 마을 어귀에 현수막 거는 일로 기회를 다 써버렸을지 모른다고 생각했다.

뒷골로 이어진 언덕은 잡풀이 우거져 올라가기 힘들었다. 앞장선 동현이 낫으로 거미줄을 걷어내며 걸리적거리는 가지를 쳐냈다. 임청각을 복원하면서 산책로를 조성했으나 인적이 드문 길이었다. 뒤따라오던 동수가 이 근처 큰 산뽕나무가 있지 않았냐고 물었다. 그럴 거라며 동현이 대답했다.

동수는 뭔가 기억났다는 듯이 뽕나무가 있던 쪽으로 들어갔다. 동수가 사라진 쪽에서 오디 떨어지는 소리가 났다. 늘어진 가지를 잡고 흔드는 모양이었다. 두꺼운 잎사귀를 두드리는 오디 소리가 한여름 소나기를 떠올리게 했다. 뙤약볕에서 놀다 지친 동수와 툇마루에 걸터앉아 하늘을 보던 기억. 땡볕에 달아오른 마당 위로 빗방울이 떨어지면 풀썩풀썩 먼지가 일었었다. 사방으로 흩어지는 흙냄새에 먼지 알레르기가 있는 동수가 재채기를 해댔다. 새까맣게 그을린 목덜미가 흔들릴 때마다 머리끝에 매달린 땀방울이 떨어졌다. 나는 어떻게 했더라? 동현은 잊고 있던 기억들이 어제 일처럼 되살아났다.

동수가 풀을 헤치고 나왔다. 그의 손에 오디가 한 줌 들려 있었다.

"이젠 따 가는 사람도 없나 보네."

동수는 동현에게 반을 덜어주고 남은 것을 한입에 털어 넣었다. 동수의 손바닥에 검붉은 오디 물이 배어 있었다. 주머니에서 휴지를 꺼낸 동현이 반으로 찢어 동수에게 건넸다.

멀리서 뻐꾸기가 울었다. 동수가 두 손을 모아 입에 대고 새소리로 대답했다.

"옛날에 우리 환상적인 콤비였는데."

걸음을 멈춘 동수가 피식 웃으며 어깨를 쳤다.

"언제?"

동현은 잊어버린 기억들이 거짓말처럼 되살아났다. 머릿속에서 빈정거리며 떠돌던 숱한 말들이 자취를 감추었다. 믿을 수 없었다. 아버지의 모습을 빼다 박은 동수의 얼굴이 낯설기는커녕 늘어진 셔츠를 입고 티격태격하던 그때 그대로였다. 웃기는 일이었다.

모두의 안부

"나는 눈치 없고 고집만 세다고 구박 많이 받았잖아. 넌 뭐든 잘 했고. 솔직히 네가 똑똑하긴 해도 좀 약았었냐. 그거 생각나? 학교 가다가 날 잡아 세워놓고 집 밖에서는 현동이라고 못 부르게 한 거. 키도 조그만 게 눈깔을 부라리고 버티면서. 정말 별일도 아닌데 그때는 왜 그렇게 빡쳤는지 모르겠다."

"그러는 넌 어땠고."

동현은 더 말하려다 말고 어색하게 웃어버렸다. 본래 자기 이름이 현동이었는데, 누가 그렇게 부르면 동수의 부록이 된 것 같아 화를 냈다. 아버지 아들이 아니라는, 들키고 싶지 않은 비밀을 들킨 기분. 그때는 그랬다. 아버지는 마음에 둘 필요 없다고 해도 '타성바지 어린놈'이라는 꼬리표가 두려웠다. 사고는 동수가 치고 뒤처리하는 아버지를 보는 것이 괴로웠다. 만약 자신이 사고를 쳐도 아버지가 똑같이 했을까, 늘 묻고 싶었다.

"어머니도 같이 계시겠네?"

앞서가던 동수가 돌아보며 물었다.

"어느? 응…… 아버지는 네 어머니와 합장하고."

동수가 놀라는 표정을 지었다.

"엄마는 홀홀 떠나고 싶어 하셨어."

앞장서 걷던 동수가 걸음을 멈추는 바람에 동현이 넘어질 뻔했다. 동수가 빤히 쳐다보았다. 동현은 동수의 눈동자에 비친 자기의

이언주 소설집

모습을 보았다. 아무 말도 하지 않았고, 소음이 사라진 세상에서 침묵이 이어졌다. 동수는 입에서 쓴맛을 느꼈을 때나 짓던 표정을 지었다. 점점 얼굴이 붉어졌다.

"갑자기 나라라도 잃었냐?"

동현은 동수를 스쳐 지나가 앞장서 걸었다.

"동현아, 내게 엄마는 새어머니밖에 없어. 친엄마에 관해 뭐가 있 겠냐. 세 살 때 돌아가셨는데. 집밥 이야기 나오면 어머니가 생각나 고, 길 지나다가 비슷한 노인네 보면 나도 모르게 고개가 돌아가. 언제든 고향으로 돌아오면 계실 줄 알았어. 아직 가실 나이는 아니 잖아."

뜻밖의 말에 동현은 뒤통수를 크게 얻어맞은 기분이었다. 이런 걸 두고 온도 차이라 해야 하나? 그동안 묵혔던 감정들이 한데 뒤 엉겨 뭐라 말을 할 수 없었다. 한솥밥이든 한 이불이든 간에 마주 잡은 줄다리기에서 자기만 아직도 줄을 내려놓지 못하고 있는 것 같았다.

언덕을 먼저 오른 동현이 산모퉁이에 보이는 가족 묘원을 가리켰 다. 평지 길에 올라서면서 동수의 발걸음이 빨라졌다. 동수의 뒷모 습을 바라보며 동현은 여기가 아닌 다른 곳에서 살아가는 자신을 상상했다. 묘원에 들어서며 고조부와 증조부, 큰집 종조부 산소들 을 차례로 소개한 뒤, 두 계단 아래 있는 부모 묘로 갔다.

동수가 묘석 앞에서 얼어붙은 듯 서 있었다. 묘비 뒷면에는 아버지와 두 분의 어머니가 차례로 올라가 있었고 장남 이동수, 차남 이동현이라 적혀 있었다. 생일로 따지자면 동현이 동수보다 석 달이나 빠른 형이었다.

"엄마 뜻이었어. 하늘이 무너져도 이 집 장손은 너라고."

갑자기 동수가 생목을 삼키는 소리를 냈다. 동현은 낫자루를 동수의 손에 들려주며 온 김에 벌초나 하고 가자고 했다. 풀이 자라면 칠월 백중에 한 번 더 하면 그만이었다. 동수가 산소 주변을 정리하는 동안 동현은 상석 위에 음식을 차렸다.

"할아버지들이 너한테 미안하겠다. 동현이 덕에 편안하게 호강하잖아. 이럴 줄 알았으면 잘해줬을 텐데."

"인정하고 말고 할 게 뭐 있냐?"

벌초를 마친 두 사람은 산소 앞에 나란히 앉았다. 동수가 표석만 세워져 있는 빈터는 뭐냐고 물었다.

"두 작은아버지 내외분과 우리 항렬 형제들 자리야. 객지로 떠난 사람들이 얼마나 돌아올지는 모르지만. 세상이 많이 변했잖아. 앞으로 이 묘원을 지킬 사람이 또 몇이나 되겠어?"

동현이 대답했다.

"하기야 대소가든 뭐든 다 옛말이지 뭐."

고개를 끄덕이던 동수의 얼굴에 갑자기 장난기가 돌았다. 팔을 휘저으며 여기 이쯤이 우리 자리겠네, 하고 어깨를 들썩했다.

"왜, 자리를 미리 찜이라도 해두려고? 정 그러면 마음에 드는 자리에 말뚝이라도 박아 두든가. 언제라도 네가 올 때까지 관리는 잘 하고 있을게."

동현이 웃으며 동수의 팔을 슬쩍 밀었다.

동수가 손사래를 쳤다.

"사람 구실 좀 해야지. 동현이 네가 그간 한 고생도 있고, 너 먼저 보내고 오래도록 내가 잘 보살펴줄게."

두 사람은 산소에 뿌리고 남은 술을 한 잔씩 나눠 마셨다. 농담을 주고받으며 하늘을 바라보았다. 동현은 오십이나 육십이 된 늙어버린 동수와 마주한 기분이었다. 시간이 흘러 더는 아무 느낌이 없는. 미래에서 오늘로 돌아와 대수롭지 않다는 듯 부모 앞에 나란히 앉았다.

"너 그거 생각나냐?"

동수가 발밑을 툭툭 차며 말했다.

"아버지가 소리를 지르면, 엄마가 밥상부터 차리던 거. 일단 먹이고 야단치라고. 그만하라는 소리였지. 한번은 엄마한테 물었어. 왜 나한테 잘해주는 척하냐고. 하던 대로 너한테나 잘하라고 했어."

"그랬더니 뭐래?"

"뭐든 먹여놓고 미워해야 엄마 마음이 편하다네. 어디 가서 맞아도 밥을 먹어야 맷집도 생긴다고."

잠시 말을 끊었던 동수가 허공을 바라보며 띄엄띄엄 말을 이었다.

"그래서 나더러 계속 이러고 살라는 거냐고, 물었지. 그때는 왜 그랬나 몰라."

두 손으로 얼굴을 쓸어내리던 동수가 팔을 뒤로 짚고 두 다리를
쭉 내뻗었다.

"그간 정말 고생 많았다."

동수가 시선을 허공에 고정한 채로 말했다. 동현은 그런 동수를
물끄러미 쳐다보았다. 애써 웃는 얼굴에 눈꼬리가 내려앉았다.

"우리도 나이가 들긴 들었네. 너한테 이런 말을 다 듣고."

동현은 동수가 너무 어린 나이에 집을 떠났다는 사실을 깨달았
다. 지금 담임을 맡고 있는 아이들과 다를 바 없는 어린 나이였다.

"동수 너는……, 여길 완전히 잊은 줄 알았어."

"그게 그렇게 쉽냐? 너야 여기서 쭉 살았으니 그러겠지."

동수는 강아지풀 하나를 뽑아 무심하게 물어뜯었다.

"잊으려 했는데, 시간이 흐르니까 그게 아니더라. 마음은 결국
여기에 와 있더라고. 너도 있고, 우리 집도 있고."

동수가 물고 있던 풀을 뱉으며 피식 웃었다.

"남의 나라에서 아무리 오래 살아도 난 결국 이방인이고 외국인
일 뿐이잖아. 기억이라는 게 정말 웃겨. 시간이 지나면서 더 또렷해
지기도 하니까."

"나라고 어디 쉬웠겠냐?"

"알지, 그걸 어떻게 모르겠어. 그때는 그런 시절이었잖아."

"안다고?"

동현은 한마디 더 하려다 입을 다물고 말았다.

그는 아버지가 세상을 떠난 뒤로 동수가 돌아오리라 기대하지 않았다. 물 흐르듯 시간이 흐르고 지나간 일들은 까마득히 멀어져 갔다. 뒤를 되돌아볼 겨를도 없이 바쁜 하루하루였다. 그런데 갑자기 동수가 나타난 것이다. 동현은 잊어버린 기억들이 동시에 되살아나 혼란스러웠다. 그런데 막상 눈앞에 나타난 동수는 낯설거나 전혀 어색하지 않았다. 더도 덜도 아닌 동수의 모습으로 다가왔다.

집을 허물던 날이 떠올랐다. 비워진 집을 마지막으로 둘러보았을 때, 동수의 방, 벽 한 모퉁이에 낙서가 남아 있었다. 얼굴을 그려놓고 동수, 동현이라는 글자가 씌어 있었다. 침대가 놓여 있던 한쪽엔 나쁜 새끼라며 칼로 새긴 흔적도 보였다.

"차 좋더라."

동현은 뜬금없이 종택 앞 주차장에서 보았던 벤츠 이야기를 꺼냈다.

"빌린 거야."

"언제 또 올 건데? 다음엔 그냥 집으로 들어와."

동수가 휴대전화에서 자기 채널을 열어 보여주었다. 구독자 수가 꽤 됐다. 동현은 휴대전화 화면을 밀어 올렸다. 동수가 사는 집을 구석구석 둘러보는 기분이 들었다. 하늘에는 얇게 퍼진 구름이 서서히 붉게 물들었다. (*)

고스트하기, 노마드하기

구효서
소설가

　고스팅은 ghost와 ~ing의 합성어다. ghost는 유령, 귀신, 도깨비 등의 뜻을 포함하는 말이고 ~ing는 명사를 동사화하는 접미사 정도로 볼 수 있으니 ghosting을 요즘 유행하는 조어법을 따라 번역하자면 '유령하기' 혹은 '귀신하기'쯤 될 것이다. 유령이든 귀신이든 도깨비든 얼핏 눈에 보이다가도 감쪽같이 사라지는 존재들이니 ghosting을 '일방적으로 연락을 끊고 사라지다'라는 뜻으로 쓰기 시작해 지금은 그와 유사한 좀 더 넓은 의미들로 사용하는 것 같다. 이언주의 단편 「고스팅」에서는 고스팅을 '실종'이라고 쓰듯이.

　단편 「빈집 재생 프로젝트」에서는 한 가지 대상을 두고 귀신, 유령, 혼령이라는 말을 섞어 쓴다. 하룻밤 신세 지는 촌가의 잠자리에서 화자인 '현재'는 어두운 바깥에서 두런거리는 그것들의 목소리를 듣는다. 아침이 되자 그것들이 자취를 감춘 것은 물론이다.

귀신이랄 것까지는 없지만 단편 「모두의 안부」의 실질적 주인공이라고 할 수 있는 어머니는 고인이다. 동수와 동현 형제가 고인의 묘소를 찾는 이야기이므로 전통 관념상 고인을 귀신이라 못 할 것도 없다. 살아 있는 존재인 동수와 동현 사이의 복잡하고 내밀한 갈등을 조정하는 것도 실은 '비존재'인 고인이다. 심지어 「고스팅」에서는 자연인이라는 존재와 대비되는 영생의 호모데우스 그리고 복제 인간이라는 미래 사회의 비존재들이 등장하기도 한다.

비존재란 귀신이나 유령이나 고인처럼, 실재하지 않으나 실재하지 않음으로써 외려 그 존재성이 부각되는 특별한 존재다.

그런데 비존재는 인간에 대해서만 국한하는 개념은 아니다. 모든 존재의 기본 존재 조건인 시간, 공간, 인간(동양에서는 이것을 三才, 즉 天-地-人이라고 하겠지만)에 두루 적용되는 개념으로서의 비존재일 수밖에 없다. 인간에게 있어서의 비존재가 귀신이나 유령이듯이, 시간과 공간에 있어서도 비존재적 존재가 가능할 수 있다는 말이다.

시간에 있어서는 카이로스(kairos)가, 공간에 있어서는 아토포스(atopos)가 그것이라고도 할 수 있다. 없는 시간으로서의 시간, 혹은 없는 공간으로서의 공간. 그것이 설령 '있다'고 하더라도 기존의 존재 기준을 넘어서거나 벗어나는 것으로서의 시간과 공간이다. 인간의 모습을 띤 귀신과 유령이 그렇듯이.

시간으로서의 비존재성은 상대성이론으로도 환기되며 소설에서는 SF적 평행동시성 같은 것을 들 수 있을 것이다. 그리고 공간으로서의 비존재성은 우주적 가없음, 혹은 SF적 평행공간성 같은 것이라고 할 수 있다.

'비존재적 시간'은 소설 안에서 무시로 출몰한다. 시간의 특성상 지나간 과거의 시간과 아직 오지 않은 미래의 시간은 원칙적으로 없는 시간이다. 그럼에도 과거와 같은 시간의 경우에는 먼 과거와 가까운 과거들이 소설 속에 뒤섞여 등장하고 사라지기를 거듭한다. 인간과 더불어 모든 유한한 존재들은 시간의 절대성에 의해 존재에서 비존재로 진행되기 때문에 시간성이라는 것을 떠나 존재론 자체를 거론하기 어렵다.

그러므로 「고스팅」에서의 자연인 안나의 시간, 「빈집 재생 프로젝트」에서의 강제 징용 희생자들의 시간, 「모두의 안부」에서의 어머니와 어린 동수 동현의 시간, 「조드」에서의 준석과 상우 간 애틋했던 시간 등등은 없는 시간으로서 현재에 유령의 자격으로 출현하는데, 이처럼 과거/미래의 없는 시간이 현재에 호출되는 것을 '현전'이라고 하고 이는 현재적 존재를 비추는 거울이 된다. 과거의 시간이 인적 유령과 더불어 현재에 개입하는 「빈집 재생 프로젝트」

이언주 소설집

의 화자 이름이 '현재'인 것이 그래서 더 인상적이다.

'비존재적 공간'은 「가능의 세계」에서 흥미롭게 제시된다. 아버지의 장례를 치르던 '나'가 이웃 빈소의 소녀와 한밤에 스쿠터를 타고 달리는 얘기다. '나'는 학폭 관련 보호 관찰 대상자이고, 엄마 순정 씨는 오래전에 어디론가 '떠나버렸'으며, 실은 그보다 먼저 아버지가 '집을 나가' 돌아오지 않았다.

'나'와 소녀가 향하는 곳이 정해져 있다면 그곳은 비존재적 공간일 수 없다. '나'와 소녀에게 목적지가 있다면 그것은 오직 소실점일 뿐이다. 소실점이란 도착이 영원히 지연되는 지점이라 비존재적 공간이라 할 수 있다. 실은 일찍이 '나'의 아버지와 엄마가 향한 곳이기도 하다. 그런데 작가가 그 공간을 일컬어 '가능의 세계'라고 하니, 이로써 '나'와 소녀가 떠나온 공간은 뭔가 '가능하지 않은 세계'임을 암시한다.

「조드」에서의 고비는 「가능의 세계」에서 보여준 선(線)적인 무한대를 면(面)으로 한껏 펼쳐놓은 공간이다. 선이든 면이든, 「고스팅」에서 알게 되듯 그곳은 존재가 사라지거나 실종되는, 즉 '고스트하는' 공간이며, 그리하여 존재가 비로소 비존재로 재탄생하는 공간이기도 하다. 「조드」의 준석도 그 고비에서 '실종'된다.

비존재로서의 시간과 공간 안에서는 인간이 비존재인 유령이 되거나 실종이 되는 것이다. 그리고 비존재로서의 시간과 공간은 「파랑주의보」에서 예시하는 바 거친 파랑(波浪)과도 같은 정동(情動, affect)의 환경을 초래한다. 폭풍과 파도, '조드'에 습격당한다. 온전한 인간 존재로서는 견딜 수 없는, 실종되고 찢기며 흔들리는 공간으로서의 세계인 것이다. 소설은 이러한 세계를 느닷없이 출현시켜 삶의 세부들을 일일이 사건화한다. 이언주의 소설들이 그러하다. 유진의 실종(「고스팅」), 준석의 실종(「조드」), 강제 징용자들의 희생(「빈집 재생 프로젝트」), 아버지 어머니에 이은 '나'의 소실점으로의 소실(「가능의 세계」), 어머니의 죽음(「모두의 안부」), 잿빛 파도 앞에 던져진 '나'(「파랑주의보」).

이와 같이 파랑의 정동 한가운데에다 인물들을 사납게 던져 버리는 작가가 모질기 이를 데 없다. 하지만 그와 같은 파랑의 정동에 사납게 던져지는 사태를 두고 불행이 아닌 '가능의 세계'라고 반어(反語)하는 작가의 속내가 짓궂을 만큼 웅숭깊다. 거기에는 실재적 세계[the Real]를 외면하고 방어함으로써 얻게 되는 보잘것없는 자기 기만적 안위를 꾸짖으려는 작가의 의지가 숨어 있기 때문이며, 나아가 비존재적 정동의 파랑을 두려워하지 말고 단독자로서 그것에 꿋꿋이 맞서게 하려는 비장한 격려와 성원이 깃들어 있기 때문이다.

　　　　　　　　　이언주 소설집

이렇게 보면 ghost+~ing은 실종이 아닌 새로운 영토를 향한 탈주, 소실이 아닌 전진, 죽음이 아닌 회생, 백척간두 진일보로 읽히며 그것의 양상은 '조드'를 끝없이 횡단하는 노마드의 성격을 띤다.

이 가없는 개방이 두려워 누군가는 단단한 자아의 성을 쌓고 그 안에 안주하며 외부에 대한 방어에 열중하겠지만, 누군가는 스스로 유령에게 문을 열어 주고 죽음 충동에 기꺼이 자신을 던지며 거친 파랑의 바다를 홀로 마주한다. 소설 속의 아바타들을 통해 이를 실행해 내는 주체가 다름 아닌 작가라는 존재다. 작가는 파랑과 같은 불안의 정동을, 오히려 놓칠 수 없는 매혹으로 뒤바꾸어 버리는 심리의 연금술사인 바, 이언주 역시 그러하다.

지금껏 고스팅과 관련해 사라짐, 실종, 희생, 죽음, 없음, 소실 등의 말을 사용해 왔다. 이를 '상실'이라는 말로 뭉뚱그릴 수 있다면 이언주는 자신의 소설에서 무수히 이 상실의 실례를 수집해 보여 주면서 때로는 그것을 꾸준히 발명해 왔다.

어째서 작가는 그런 고스트하고 노마드한 수고로움 앞에 자신을 단독자로 내세웠을까. 거듭 말하거니와 고스팅이 실종이 아닌 새로운 영토를 향한 탈주이기 때문이었을 것이다. 그리고 이 탈주를 추동하는 힘이 다름 아닌 상실감이라는 사실을 작가는 진작 알고 있었기 때문이리라. 거기에는 텅 빈 것을 가득 채우려는 바람과,

가득 찬 것을 텅 비우려는 두 개의 모순된 소망이 욕동한다. 어느 쪽이든 새로워지려는 격한 감정임에는 틀림없다. 새로운 삶이든 새로운 글쓰기든.

　이언주가 소설 안에서 갖가지 양상의 상실을 펼쳐 보이는 것은 그러니까 이 낯설지만 새로운 터전을 비추기 위함이다. (*)

달아실한국소설 25

모두의 안부

1판 1쇄 발행	2025년 12월 20일

지은이	이언주
발행인	윤미소
발행처	(주)달아실출판사

책임편집	박제영
편집위원	김선순, 이나래
디자인	전부다
법률자문	김용진, 이종진

주소	강원도 춘천시 춘천로 257, 2층
전화	033-241-7661
팩스	033-241-7662
이메일	dalasilmoongo@naver.com
출판등록	2016년 12월 30일 제494호

ⓒ 이언주, 2025
ISBN : 79-11-7207-084-7 / 03810

* 잘못된 책은 구입한 곳에서 바꿔드립니다.
* 책값은 뒤표지에 표시되어 있습니다.
* 이 책은 인천광역시, 인천문화재단 후원으로 발간되었습니다.